天使のにもつ

いとうみく

双葉文庫

天使のにもつ　目次

プロローグ

青空に向かって大きく伸びをした。

たっぷりと湿気をふくんだ、べたつくようなこの暑さが風汰《ふうた》は好きだ。

もう一度、ぐんとからだを伸ばした。

パコン！

「いてっ」

尻に手をあてると、甲高《かんだか》い声が背中でわいた。振り返ると、竹ぼうきを振り回しながら二つの小さな背中が、ウサギ小屋の向こうにひょいと消えた。

マジミスった。なんだってオレ、こんなとこ選んじゃったんだろっ。

――エンジェル保育園
屋根の上にある看板に目をやって、ため息をついた。

＊　＊　＊

風太が通う明功《めいこう》中学校では、二年生の六月に五日間の職場体験が行われる。体験先は、地元の商店から大手のホテル、コンビニ、ファストフード、介護施設などなど。その中から興味のある職場を選び、希望を出す。

学年全体がどこか浮き足立って、職場体験の話題一色になっているけれど、風汰はまったく興味を持てなかった。

「頼んでまでして、なんで仕事しなきゃなんないの？　しかもタダで」

というのが、風汰の理屈だ。

「なあ、オレの話聞いてる？」

「ん？　あ、なに？」

「だから、職場体験。授業よりマシじゃん」

駅前のファストフード店『ｍｏｕ《モウ》ｍｏｕ《モウ》バーガー』に希望を出している吉岡《よしおか》は、風汰の机に肘をついてぐいと身を乗り出した。

「『ｍｏｕ　ｍｏｕ』とかハンバーガー、ただ食いできるらしいよ。あっくん先輩が言ってた」

「ふーん」

「風太も一緒に行こうぜ」

「やだ」

「なんで」

「べつに、そんなの食いたくないし、将来ハンバーガー屋に就職するつもりないし、スマイルくださいなんて言われたら死にたくなるし」

吉岡は風太の顔をまじまじと見た。

「風太ってさ、いーかげんなのか、まじめなのかビミョーだよな」

「なんだよそれ」

その時、教室のドアが開いて担任の石塚《いしづか》が顔を出した。

「やべっ」

風太が吉岡の陰に隠れるより早く、石塚が声を上げた。

「斗羽《とば》、斗羽風太」

ちょいちょいと人さし指を動かす。

「マジか……」

ががっと音を立ててイスから立ち上がる。

「なんすかぁ」

「なんすかじゃないだろ、あれ、希望先カード、今日で締め切るからな」

「うぃ〜す」

「カードが出てないってことは、どこでもいいんだと判断する。いいな、オレが決めるぞ」

「へっ？　なんで？　やだ！」

「だったらさっさと決めろ」

石塚はにやりと笑って、背中を向けた。

勝手に決められるのは絶対やだ。センセーが押し付けてくるようなとこは、とてつもなく退屈か、死ぬほど大変かのどっちかに決まってる。

上履きのかかとを踏んだまま、風汰は教室の前まで行くと、教卓の上にのっている体験受け入れ先のリストをつかんでため息をついた。

席に戻ってリストを机の上に放ると、吉岡がにやにやしながら振り向いた。

「どれどれ」

吉岡はリストを開くと、眉毛を動かして風汰を見た。

「風汰ってなんかやってみたいこととかあんの？」

「ない」

「だよなー、よし、じゃあオレが決めてやる」

そう言うと、吉岡は目をつぶって人さし指を宙でぐるぐる回してから、リストの上にあてた。

「ここだ」

人さし指は、『タジマ工務店』の上にのっている。

「タジマ工務店って、香夏子《かなこ》んちの店じゃん」

風汰が声を上げると、廊下側の席に座っていた田嶋《たじま》香夏子が顔を向けた。

「なに？　うちの店がどうかした？」

「なんでもない！」

風汰はぶんぶん頭を振って、吉岡からリストを取り上げた。

「ばか、香夏子んちのおやじ、めちゃこえーじゃん」

声を低くしてにらみつけると、吉岡はへへと笑った。

「人のことだと思って、ったく！」

「だから一緒んとこにしよーって言ったのに、やだって拒否ったの風汰じゃん」

「だって」

「だってじゃねーよ。つーか、どこ行ったってオレらに任される仕事なんておんなじようなもんなんじゃね？」

なるほど。確かに。

吉岡が言うことには、一理ある。少なくとも石塚が言ってたことよりは。

職場体験説明会のとき石塚は、

――いいかー、どの職場も仕事の厳しさや大変さに違いはない。

とかなんとか言っていた。

そんなの絶対うそだ。部活だって、部によって厳しさも大変さもぜんぜん違うのに、どの職場も同じなわけがない。

「けどさー」

風汰が思い出してうんざりしていると、吉岡がぐっと顔を近づけてきた。

「職場体験ってけっこうおもしれえらしいぜ。とくにコンビニとかファストフードはさ、高校生とか大学生とかの女の子のバイトが多いんだって。なーなー年上の女子だぜ～。一緒にやろーぜ」

そう言ってやたらと興奮して、吉岡は風汰の肩に腕を回した。

「吉岡、目、エロくなってる」

仕方がない。こうなったらとにかくラクそうなところを選んでやり過ごすしかない。

風汰はリストを開いて、上から順に指でなぞっていく。

『相沢《あいざわ》呉服店』

ないない。ここって、なかちゃん先輩が、一日中正座させられたって泣いてたとこだ。

『アイ・ラブ・ストア』

って、前田《まえだ》のかあちゃんがパートしてる店じゃん。ぜってーない。

『上田《うえだ》珈琲』

オレ、珈琲嫌い。

『イーグル』

コンビニは働くとこじゃなくて便利に使うとこ！

だめ。やだ。やだ。

ぜってーやだ。ありえねー。

ん？

リストをなぞる指が止まった。

『エンジェル保育園』

保育園って、子どもがいっぱいいる幼稚園みたいなとこだよな。てことは、子どもとあそんでいればいいってこと？

「ありかも」

風汰はかちかちっとシャーペンの頭を押して、芯先を希望先カードにあてた。

「保育園⁉」

風汰が持ってきた職場体験希望先カードに目を落として、石塚は怪訝《けげん》そうな顔をした。

「保育園って、おまえが？」

「デス」

「デスって、保育園ってのは子どもを預かるところなんだぞ。おまえ、面倒なんて見られるのか？」

「まあ」

「頼りないな」

石塚は眉間《みけん》にしわをよせて風汰の顔をまじまじと見た。

「大丈夫っす。オレ、親戚のおばさんに、五歳児と考えること一緒だって言われたし」

そう鼻を膨《ふく》らます風汰に、「ほめ言葉じゃないぞ、それ」と石塚はうなり、手元のカードを見た。

「保育園なぁ……なんだって、おまえは」

「なに？　だめなわけ？」

「そうは言ってない」と言ったあと、石塚は「できれば別のところをすすめたいがな」とつぶやき、体験受け入れ先のリストをめくって顔をしかめた。ほとんどのところに決定の「決」がついている。

「べつにおれは他んとこでもいいけど、あ、でもここはやだ。ここもムリ」

「……わかった。もういい。ただな」と石塚は風汰を見た。

「保育園で扱っているのは子どもだ」

「知ってる」

「それだけ厳しい職場だってことだぞ」

「えー、だってセンセー、どこも同じだって」

「ばか、それは意識の問題だ。どんな仕事だって難しさも、大変さもある。それは同じだ。だけど、仕事内容は違うんだから、厳しさにも違いがあるのはあたりまえだろ」

「はっ？　イミわかんねーし」

「あのなぁ、どこの店も会社もムリをしておまえたちの職場体験を引き受けてくれてるんだ。説明会でも話したと思うが、正直言えば、中学生にうろうろされたり、仕事をさせるってのは大変だ。それでも地域の子どもたちを育てよう、地域に貢献《こうけん》しようと、引き受けてくれている。一〇〇パーセント、いや、一二〇パーセントのボランティア精神だ。だから、学校側としても、最善を尽くしておまえらを送り出さなければならない。挨拶、時間厳守、返事、ことば遣い、感謝の気持ち。まあ、あたりまえのことばかりだがな、少なくともこれくらいはできてあたりまえの生徒でなきゃ、送り出せんだろ」

「……なら、オレ行かなくても」

「ばか！　これは授業の一環だ。行きません、で済むか」

「えー、もうわけわかんねーし」

音楽教師の真田《さなだ》がクスクスと笑って声をかけてきた。

「斗羽君、調子にのりやすいけど、素直でいい子じゃないですか。大丈夫ですよ」

「そーっすよね！　さっすが真田センセー」

風汰が言うと、石塚は「調子にのるな」とすかさず釘を刺した。

「でもまあなぁ」

仕方がない、と石塚はデスクの引き出しからはんこを出して、カードに押しあてた。風汰が鼻の下を伸ばして石塚の手元をのぞきこむと、石塚と目が合った。

「斗羽、おまえ前髪、長いな」

それから石塚はひとつ息をついて言った。

「いいか、あまり子どもにさわるな」

「ん？」

「子どもは生きものだってことを忘れるな」

「なんだよそれ」

「大丈夫か、本当に」

「大丈夫っす」

石塚が差し出したカードを人さし指と親指でひょいとつまみ、風汰は鼻歌を歌いながら職員室を出ていく。と、背中から石塚の声が響いた。

「本当に大丈夫なんだろうな、斗羽！」

事前打ち合わせ

「どこだよー、あっちーな」

風汰は制服のシャツをつまんでバタバタさせながら、周囲を見た。

大通りから一本路地に入って住宅街を進んでいくとあるはずなのに、いつまでたってもそれらしき建物は見つからない。

手元のプリントに視線を落とした。『エンジェル保育園』の文字の下にある手書きの地図をながめて、もう一度周りを見た。

新しい家が三軒つづいて、ぼろい家があってその隣にはアパートがあって、向かいには公園がある。公園の前まで行くと入口の脇に、「水鳥《みずとり》公園」と彫ってある大きな石があった。

「やっぱ来すぎてんじゃん」

地図には水鳥公園よりかなり手前に「ここ！」と矢印が引かれている。

「ここってどこだよ」

風汰は大きくため息をついて引き返した。

今日は来週から始まる職場体験の事前打ち合わせで、午後は各自体験先へ行くことになっている。風汰が希望を出したエンジェル保育園は、学校から徒歩三十分ほどのところにある。なのに四十分近く歩いてもたどり着かない。

――先方との約束の時間には絶対遅れないように！

石塚が唾《つば》を飛ばしながら言っていた。風汰が教室にいるのを見つけて、早く行けとせかしたのも石塚だ。「まだ早すぎるよ」と、抵抗する風汰の腕を引いて、「いいから行け。道に迷ったらどうする。早かったら門の前で時間まで待っていればいい」と、石塚は風汰を学校から追い出した。

たしかに早くに出たからまだ時間はある。けど、それはそれでなんとなく癪《しゃく》だ。

足元の小石をつま先で軽く蹴《け》りながら歩いていくと、生ぬるい風にのって甘い匂いがしてきた。匂いのするほうをふと見ると、垣根の隙間に赤いプラスチックのスコップがはさまっていた。

もしかして……。

垣根にそって歩いていくと、路地からもう一つ脇に入る細い道があって、そっちに垣根は続いている。その細い道を入っていくと、『エンジェル保育園』と書かれた看板が出ていた。

「あった！」

と、園舎を見て風汰は瞬《まばた》きをした。

これが保育園？

昔、風汰が通っていた幼稚園とは比べものにならないくらい小さい。

こんなのわかるわけないじゃん、ってか、マジでここ？

門の前を二往復して、垣根越しにのぞきこんでいると、向かいの家の犬に吠《ほ》えられた。


「時間ぴったり」

門の横にあるチャイムを鳴らすと、レモンアイスみたいな色のポロシャツにベージュのキュロットスカート姿のおばちゃんが出てきた。

「えっと、ども」

風汰はぺこんと頭を下げた。

本当は、学校名と自分の名前を言って、職場体験を引き受けてくれたお礼を言って、「よろしくお願いします」と言うように言われていたけど、全部ぶっとんだ。

「斗羽風汰君よね、さあどうぞ」

おばちゃんはにこにこして、スリッパを風汰の足元に並べると、立てかけてあるほうきを持って、すぐ隣にある部屋のドアを開けた。

風汰はスリッパに足を入れて、「ちぃっす」と口の中でつぶやきながら部屋に入った。

部屋の真ん中に事務机が四つ、島のようにあわせて置いてあり、壁にそってスチールの書類棚がいくつか並んでいる。奥の窓際には流しとガス台があって、ガス台の上にはやかんがのっていた。

「そこに座ってね」

おばちゃんは、入口のすぐ右側にあるソファーを指さした。

言われたとおりソファーに座ると、表からジィーーーー、ジィーーーー、ジーッジーッジーッと虫の音《ね》が聞こえてきた。

静かだな。なんだか時間がゆっくりしてる。

ぼーっとそんなことを考えていると、「どうぞ」とローテーブルの上におばちゃんがお茶を置いた。茶托《ちゃたく》にのっている湯呑に、蓋がしてある。

風汰は急にそわそわして、スリッパの中で足の指を丸めながら唇を軽くなめた。

「本当に今日も暑いわね、えっと、まずは自己紹介ね。わたしは園長の西本《にしもと》です」

目の前に座ったおばちゃんは、「にしもとくみこ」と書いてある名札を風汰のほうに向けた。

この人、園長だったんだ……。てっきり用務員さんみたいな人だと思ってた。

「と、斗羽風汰っす」

「はい、よろしくね。今日は来週からのことについて簡単に説明しますね。えっと、なにか打ち合わせ用の用紙があるって、学校の先生から連絡があったんだけど。持って来てない？」

「あ、これ」

風汰はポケットから小さく折ってある紙を取り出して、テーブルの上に広げた。

「事前打ち合わせシート」と書いてある用紙は、折り目がいくつもついて、少し汗ばんでしわくちゃになっている。それを見た園長が一瞬驚いた顔をしたことに気づいて、風汰は両手でしわを伸ばした。

「ちょっと見せてね」

園長は用紙を手に取って、くくっと笑った。

事前打ち合わせシートには、職場体験中の持ち物や服装、体験開始時間・終了時間・休憩時間、仕事の内容、心構え、注意事項などの項目がある。それをこの打ち合わせで埋めてくるように言われている。

「はい、わかりました。心構えは斗羽君があとで書いてね。他のところはいまから説明するから書いていって。筆記用具は」

と、園長が言うと、風汰は鼻の穴を広げて、胸のポケットからシャーペンを取り出した。


事前打ち合わせシートを持って職員室へ行くと、吉岡がいた。風汰が「よっ」と右手を上げると、吉岡も右手を上げた。

「あれ、石塚は?」

「こーら、石塚先生、でしょ」

「あ、センセ」

うしろから真田が、手にしているプリントをぱふっと風太の頭に当てた。風太がへへっと笑うと、真田は机の上にプリントを置いて首をかしげた。

「石塚先生になにかご用？」

用もないのにこんなとこ来るわけないじゃん。

心の中で風太が突っこんでいると、吉岡が唇を尖《とが》らせた。

「事前打ち合わせが終わったら報告しに来るようにって、なっ」

うん、とうなずいた拍子《ひょうし》に石塚のイスに目がいった。丸いドーナツ状のクッションがのっている。

「さっきまでいらしたんだけど、トイレでも行ってるのかしら？　急いでいるんだったら、わたしが伝えておこうか？」

「お願いしまーす！」

風太と吉岡はさっとシートを渡して、「しつれーしまーす」と職員室をあとにした。

「よっしゃ！」

「オレら、ちょーラッキーだったな」

ふたりは急いで校門を出た。

石塚に直接シートを渡していたら、こうはいかない。「ここが抜けてる」「もっと具体的に」「字が汚い」などとあれこれダメだしをされて、今頃書き直しをさせられていたはずだ。

校庭からサッカー部の声が聞こえた。声をからしながら準備運動をしているけれど、あのかけ声は準備運動にいるのか？ と風汰は見るたびに疑問に思う。だいたい、あんなに全力で準備運動なんかしたら、練習が始まる頃にはぐったりだ。

風汰がそんなことを考えながらフェンスの向こうのサッカー部をぼーっと眺めていると、吉岡がふいに言った。

「で、どーだった？」

「ん？」

「だから打ち合わせ」

「ああ、べつにフツー。吉岡は？」

「オレもフツー」

ふーん、と風汰はフェンスにぱらぱらと手を当てながら歩いた。校庭の端《はし》まで来ると小さな十字路になっている。ふたりはそれを左に曲がった。

「それにしてもあっちーなー。ん？」

隣に吉岡がいない。振り返ると、最近できたばかりの七階建てのマンションの前で立ち止まって、足元を見ている。

「どうしたんだよ」

そばまで行くと、吉岡は視線を下げたまま「やべ」とつぶやいた。

キュウンン、クゥンクゥン

「へっ？」

吉岡の視線の先に段ボール箱があった。その中に両手のひらにのるくらいの茶色い子犬がいる。

「どうする」

吉岡はそう言ってスクールバッグを肩にかけたまま、しゃがみこんだ。

「どうするって」

風汰もしゃがんだ。

子犬は短いしっぽを勢いよく左右に振って、前足を段ボールの壁にあてている。

「腹減ってんじゃね？」

「食うかな、これ」

風汰がポケットからチョコレートを取り出すと、吉岡は顔をしかめた。

「ダメ？　犬ってチョコ食っちゃいけないの？」

「わかんねー。けどそれ、ビターじゃん」

「そうだけど」

「ビターは大人の味だろ、こいつ子犬だもん」

「……そっか」

「だろー。あ、オレいいもん持ってんだ」

そう言って吉岡は、スクールバッグの中からバナナを出した。

「給食、あまってたからゲットしといた」

「ああ」

風汰はうなずいた。

職場体験先から早い時間に指定されて、給食もそこそこに打ち合わせに出かけたやつが結構いた。それでいつもは残ることのないデザートが、今日は結構あまっていた。

「オレももらっとけばよかった」

「だろ」と、吉岡は得意そうな顔をした。

「なら早くそれやれよ」

風汰が言うと、吉岡は「ん」と、風汰の手にバナナをのせた。

「風汰がやれよ」

「なんで？　おまえがゲットしてきたんだから、おまえがやれよ」

そう言ってバナナを返そうとすると、吉岡は両手をばたばた振った。

「ムリムリ」

「ヘンなやつ」

まあいいや、と風汰は皮をむいて、小さくちぎったバナナを子犬の口元に持っていった。子犬はかふかふと音を立てて食べると、手のひらをなめた。

あったかくて、少しくすぐったい。

もう一度ちぎって口元に持っていった。

「よく食ったな」

結局ほとんど一本食べた。

子犬の頭をそっとなでる。腹がいっぱいになったせいか、子犬は気持ちよさそうに目を細める。

風汰は段ボール箱から子犬を抱き上げて、膝にのせた。

想像していたよりずっと軽くて、でもちゃんと命だった。

膝に抱いているとあったかくて、とくんとくんと鼓動《こどう》を感じる。耳がぴくぴく忙しそうに動いて、くしゃみをする。

「吉岡もさわってみろよ」

「いいよ」

「ほら」

「マジいいって。オレ、ムリ」

「なんだよ」

「あ、やべ、オレ帰る。塾遅刻する」

そう言って吉岡は立ち上がると、ちらと舌を出して、「じゃっ」と踵《きびす》を返した。

「え、あ、ちょっと待てよ、こいつどうすんだよ！」

風汰は子犬を抱いたまま立ち上がって、駆けて行く吉岡の背中に叫んだ。

生暖かい風がとろりと風汰を包む。

「うそだろ」

腕の中で、気持ちよさそうに丸くなっている子犬に目をやった。

「うちはムリだよな、やっぱし」

団地はペット禁止だ。連れて帰ったところでどうしようもないことは、風汰も十分わかっている。

ごめんな、一軒家じゃなくて。ペット可のマンションじゃなくて。ごめん。うちの親、甲斐性《かいしょう》なしで。

風汰は眠っている子犬を起こさないように、そっと段ボール箱の中に下ろした。人さし指でなでると、子犬は眠ったままぴくぴく耳を動かした。

ホッとしたような、さみしいような。でもこれでよかったんだと立ち上がった。

いいやつに拾ってもらうんだぞ。

そう心の中でつぶやいて歩き出したとき、クゥンと子犬が鳴いた。

……空耳。うん、空耳空耳。振り向いちゃだめだ。

キャンキャンキャン！

だめだ、ばっちり聞こえちゃった。

風汰は足を止めて振り返った。段ボール箱の中をのぞきこむと、子犬が風汰を見上げてうれしそうにしっぽを振っている。真ん丸な黒い目が、「いかないで」「ぼくをつれていって」「ぼくをすきになって」と、訴えてくる。

風汰は段ボール箱から子犬を抱き上げた。

「おまえ、どうする？」

腕の中にいる子犬に思わず語りかけると、子犬がクゥンと返事をした。

とりあえずどこか安全な場所にと考えて、団地の駐輪場の小屋に決めた。小屋は駐輪場の奥にあって、ふだんは誰も近づかない。開け閉めするのは、月に一度の団地掃除のときくらいだ。先週、母の茜《あかね》が軍手とほうきを持って、「集合住宅はこれがいやなのよね」なんてぶつぶつ言っていたから当分大丈夫、のはずだ。

駐輪場はいつもながら、まるで整理ができていない。奥に埋まった自転車は一体どうやって取り出すんだろと毎回思う。

ごちゃっと置いてある自転車の間を抜けて桜の木の横にある小屋の戸を開けると、埃《ほこり》っぽいような、かび臭いような匂いがした。中に入ると小窓からさしこんだ光が、埃をきらきら光らせている。木陰にあるせいか、意外とひんやりしていた。

三畳ほどの空間には、ほうきや大きなスコップ、高枝切りばさみに、砂袋、パイプイスがいくつかと、なぜか玉入れのかごが置いてあった。

床の上に子犬を下ろすと、クゥンとせつなそうな顔をする。

「そんな顔すんなよ」

そう言って、風汰はそっと小屋の戸を閉めた。

駐輪場と風汰の住むB棟はほんの目と鼻の先だ。三階まで一気に駆け上がり、カギを開けた。むんとこもった熱に包まれて、汗が噴き出る。駐輪場の小屋よりよほど暑い。

「とりあえず、食べ物と寝床《ねどこ》」

風汰は部屋にスクールバッグを放り投げると、冷蔵庫を開けた。麦茶を立て続けに三杯飲んで、魚肉ソーセージと牛乳、それに食器棚から少し深めの皿を一枚取り出して、バスタオルと洗濯かごを脱衣所に取りに行った。


駐輪場へ戻ると、小屋の前に誰かがいた。

「まーくんセンパイ!?」

「よっ」

まーくんセンパイは風汰と同じB棟の二階に住んでいる三歳上の先輩だ。先輩といっても、小さいときからの付き合いで、いわゆる先輩・後輩的な上下関係はない。

まーくんセンパイは、ぺんぺん草を揺らして、子犬とじゃれている。

「こいつ、捨てられちゃったのかなぁ」

まーくんセンパイの足元で、子犬がジャンプしたり、転がったり、ボールみたいにはねている。

「かわゆいのになぁ」

「うん」

「捨てるって、殺すことと同じだってわかんないかなぁ」

「殺すって、そこまで考えてないと思うけど」

風汰が苦笑すると、まーくんセンパイはぺんぺん草を動かす手を止めて、風汰を見た。

「ダメだろ、そこ、考えなきゃ」

「……」

風汰がぎこちなくうなずくと、まーくんセンパイはにっと笑った。それから風汰の手にしているものに気づいて、「それ、もしかして?」と、ぺんぺん草で子犬を指す。

「うん」

子犬がねらいを定めて、まーくんセンパイのぺんぺん草を前足で押さえた。

「そっかぁ、で、風汰が連れてきたんだ」

子犬を連れてきた経緯を話すと、まーくんセンパイはうなずいた。それから子犬用に持ってきた魚肉ソーセージを、半分ちぎって自分の口に入れ、「こーゆーのってさ、さわっちゃったら、もうダメだよなぁ」と言いながら、残りの半分を子犬の口元に持っていった。

「なにがダメなの？」

「ん？　ああ、ほら愛着っての？　放っておけなくなっちゃうだろ」

「だよね。あっ！」

吉岡がかたくなに子犬にさわろうとしなかった理由が、ようやくわかった。

あいつめ……。

「どうした」

「ううん」

まーくんセンパイはよっこらしょっと立ち上がって、風汰を見た。

「で、どうすんの、こいつ」

「うん……」

とりあえず連れてきたものの、どうするかはまだ考えていない。

風汰が黙っていると、まーくんセンパイはふっと笑った。

「なんも考えてないんだ。あいかわらずアホだよなぁ、風汰って」

「だってさ」

「でもオレ、そーいうの嫌いじゃないよ」

へっ？

顔を向けると、まーくんセンパイは風汰の頭をわしゃわしゃなでて、足元に置いてあったスクエアリュックをつかんだ。

「飼ってくれそうな人いたら教えるよ。それからこれ」

まーくんセンパイはポケットから千円札を二枚取り出した。

「子犬用のエサ買いな」

「え、でも」

「バイト代入ったとこだからカンパ。つーか、こーゆー食いもんって、あんまし犬によくないっしょ」

「あ、ありがと」

まーくんセンパイは「んじゃー」と、右手を上げた。

朝晩とエサをやり、飼ってくれそうな人を探したけれど、五日たっても引き取り手はまだ見つからない。おまけに昨日、小屋で子犬を世話していることがバレた。

バレた相手は、C棟の二階に住んでいるじいさん。団地が建った当初から住んでいるという、うるさ型の住人だ。

じいさんは杖の先を地面にかつかつ打ち付けながら、動物の飼育は禁止だの、規則がどうのと、正論をまくしたて、今度は風汰を見て、制服のシャツが出ているなどと言い始めた。思わず「うっせーな」と、つぶやいた風汰の言葉で状況はさらに悪化した。

「保健所だ！　いますぐ保健所に連絡してやる！」

こめかみの血管を浮き立たせて、顔を真っ赤にして怒るじいさんの姿にあっけにとられていると、まーくんセンパイがやってきて、なにも言わず風汰の脳天にげんこつを落とした。

「すんません、こいつアホなんで。犬っすよね、すんません、でもあと一週間だけ、なんとかお願いします」

「なにをふざけたことを！」

じいさんが杖を振り上げると、まーくんセンパイはすっと、じいさんの横に行って耳打ちした。じいさんは目を見開いて、まーくんセンパイを見ると、ううんと喉を鳴らした。

「五日だ。あと五日間だけ目をつぶる」

「あざーす。あ、その代わりって言うのもあれっすけど、小屋の掃除と駐輪場の整理、こいつにさせるんで」

そう言って、まーくんセンパイはへらっと笑った。

「なに言ったの？」

じいさんの背中を見送りながら聞くと、まーくんセンパイは「ん？」と首をかしげた。

「べつに大したことじゃないけど」

「なになに？」

「んー、集会場って飲食禁止じゃん」

「集会場って、A棟の前にあるあれ？」

「そっ。あそこ、よくゲートボールのじいさんたちが使ってんだけど、ふつーに酒飲んだりしてるからさ」

「マジで？　人には規則がどーとかえらそうに言ってたくせに。って、なんでまーくんセンパイ、そんなこと知ってたの？」

「誘われたことあるから、オレ」

「……なんで」

「なんでだろ」

まーくんセンパイはそう言いながら、子犬のおなかをなでた。

「とにかくあと五日でなんとかしなきゃだぞ」

「わかってる」

明日からは職場体験もあるんだよな……。

風汰は大きなため息をついた。

職場体験　初日

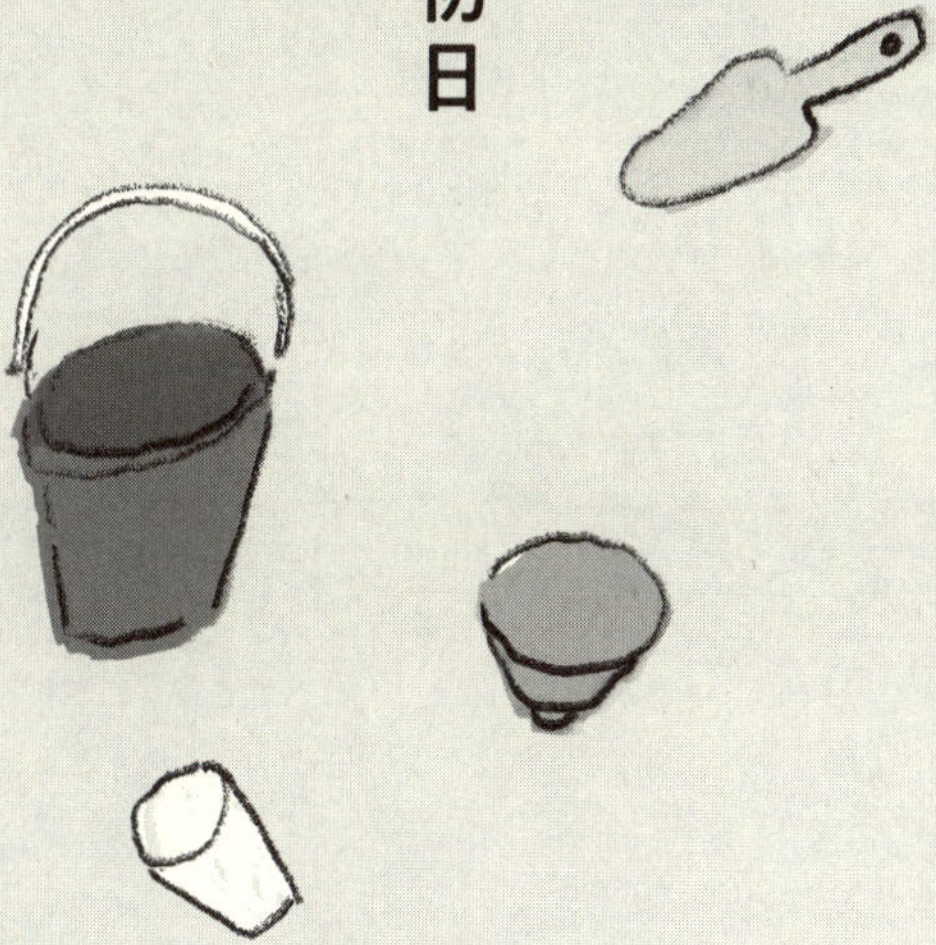

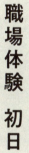

六月二十日火曜日。午前八時二十分。

エンジェル保育園の前まで来ると、風汰は髪に手をやった。頭の上で結《ゆ》わいた前髪がちょんと空に向かって立っている。

数日前から石塚にさんざん、「前髪をなんとかしろ」と言われて、昨日本気で切られそうになった。

「さっさと切ってこい！　今度前髪が目にかかっていたら、その場で切るぞ」

と、石塚は宣言した。

やると言ったら本当にやるのが石塚だ。

職場体験先でなら見つからないかとも思ったが、油断できない。

「目にかかってないならセーフだもんね」

風汰はもう一度前髪に手をやって、門の中をのぞきこんだ。

キーッ！　とブレーキ音を響かせて、風汰の手前でママチャリが止まった。スーツにヒールの高いパンプスを履いた女の人が「ほら急いで」と、うしろのチャイルドシートから男の子を下ろして中に入っていく。と、入れ違いに赤茶色の髪を無造作に束ねたお姉さんが黒いスウェット姿でガムをかみながら出てくる。そのうしろから高そうな腕時計をした男の人が出てきて、大股《おおまた》でスウェットのお姉さんを追い越していった。

とん、と肩を叩かれて振り返ると、ゆるいウエーブのかかった長い髪の女の人が立っていた。

「きみ、職場体験の子？」

「あ、うん」

「うん、じゃなくて、はい。こんなところでもたもたしない。さっさと中に入って。朝は忙しいんだから」

女の人は風汰の前髪を数秒見て腕を引いた。

「靴はここに入れて。え、上履き持ってきたの？　いらないって園長先生言わなかった？　うちははだし。子どもも職員もみんなね。はい、靴下脱いで」

女の人はスニーカーを林田と書かれた靴箱に入れた。

「あたしは保育士の」

「リンダ、さん」

風汰が靴下を脱ぎながらぼそっと言うと、女の人は動きを止めて目を細めた。

「ハヤシダ、だけど」

「へっ」

「ハ・ヤ・シ・ダ」

「あ、そっちっすか」

「そう、そっち」

風汰は中腰《ちゅうごし》のまま、うんうんとうなずきながら、林田を上目遣いでちらと見た。

「リンダのほうが、いい感じっすよね」

「はあ?」

「なんつーか、ハヤシダって地味かなって」

目の前でへへっと笑う中学生に、林田は大きく息をついて、「おいで」と言った。

林田のあとについて事務室に入ると、園長が受話器に耳をあてたまま笑顔を向けた。

「電話、すぐ終わると思うから。きみはここで待ってて」

そう言うと林田は机の上にある「申し送り」と書かれたノートに目を通して、足早に出ていった。

保育士ってもっと優しい感じじゃないの？　ちょっと怖いんですけど、あのヒト。

事務室の前の廊下を何組もの親子が「おはようございます」と言いながら通り過ぎていく。子どもたちは風汰に気づくと、珍しいものでも見つけたように、母親に手を引かれながら、見えなくなるまでじーっと顔を向けている。

オレは珍獣《ちんじゅう》か。

「ごめんなさいね。バタバタしていて」

受話器を置くやいなや園長が話しかけてきた。と思ったら「あ、ひなちゃんのママ、ちょっといい？」と廊下に飛び出していった。

園舎のあちこちで、子どもの声が響いている。どこかで泣き声が聞こえる。笑い声と、はしゃいだ声と、保育士を呼ぶ声がする。出汁《だし》のいい匂いが園内に漂い、風向きが変わると今度は草の甘い匂いがする。

目も耳も鼻も、フル稼働しているのが自分でもわかる。

事前打ち合わせのときは、外から虫の音が聞こえるくらい静かで、ここだけ時間が止まっているみたいだったのに……。

「なんか、イメージ違うんすけどっ」

風汰はつぶやきながら廊下に目をやった。園長はまだ赤ん坊を抱いた母親と話している。と、背中に視線を感じた。

振り返ると裏庭に面した窓越しに、鼻水を垂らした男の子と髪をツインテールにした女の子が、部屋の中をのぞいていた。風汰と目が合うと、きゃあきゃあ笑いながら頭を引っこめる。で、二秒ほどでまた顔をのぞかせる。

見てんじゃねーよ。

「斗羽君、ごめんなさいねー」

園長が事務室に戻ってきた。

「そこ座って。この前話したから特に説明することはないけど。爪は切ってきた？」

「あ、うん、はい」

「よろしいよろしい。まあ、あんまり難しく考えないで、子どもたちと一緒に過ごしながらいろいろ体験してくれればいいから。それじゃあ、ざっと園の中を案内するから、わからないことがあったらそのつど聞いてね」

風汰がわずかにあごを引いてうなずくと、「じゃ、行きましょう」と、園長は勢いよくドアを開けた。

保育園の中は、床も柱もロッカーも天然木でできている。よく使いこまれて手入れが行き届いているせいか、古いけれどボロくささはない。足の裏に、木の床が吸い付くようにしっくりなじむ。棚の上にはあちこちに小さな花が生けてあった。どこかで見たことのある花瓶だなと思って顔を近づけると、ジャムの空き瓶だった。口のところに赤いチェックのリボンが結んである。

「それ、職員と子どもたちが作ったのよ。これは牛乳パックで作ったくず入れ。布を張ると素敵でしょ」

「へー」と、あいづちを打ちながら、こういうのって貧乏くさいのかエコなのかビミョーだと、風汰はうなずいた。

園舎は、園庭を真ん中にコの字型をしている。玄関と事務室と調理室がコの字の縦棒の位置にあって、上の横棒の位置に〇、一、二歳児クラス。下の横棒の位置に三、四、五歳児クラスとその奥にホールがある。

「うちの園では、〇歳はひよこ組。帽子のカラーは赤。一歳はりす組でピンク、二歳はひつじで黄色、三歳がぱんだでオレンジ。四歳はきりんで緑、で五歳がぞうで青。これは覚えておいてね」

「えっ、ひよこが」

「〇歳児で赤」

「ひよこが赤……」

って、わかりにくっ！　ひよこなら黄色でいいじゃん。りすは茶色で、ひつじは白で。なんでひよこが赤なんだ。

そんなことを考えていると「きりん」の絵が描いてあるドアの前で園長が足を止めた。

「このクラスに入ってもらいますね」

園長がドアをスライドさせると、子どもたちが一斉に振り返った。

「じむしつにいたひとだ！」

「あのひとだれー」

「ちょんまげのひとだ」

「あいりもみた」

部屋中がわっと子どもの声で膨れあがる。好奇心に満ちたぴかぴかの十六の瞳が容赦なく風汰に向けられる。

マジかっ……。

思わず視線が泳いだ。

「おはようございます。林田先生よろしくお願いします」

ハヤシダ？　え、リンダ？

髪を団子のようにひとつにまとめているから、一瞬わからなかったけれどやっぱりそうだった。

「じゃあ、がんばってね」

園長は風汰の背中をとんと押した。

「ちょ」

振り返った瞬間、目の前でドアが閉まった。ガラス越しに園長が笑顔で手を振っている。

バイバイじゃねえって、どうすんだよ。

甲高い声がわーわーと背中から聞こえて、風汰はそろりと振り返った。

一瞬、子どもたちの声がやんで、次の瞬間またわっと騒ぎ出した。

なんなんだ、こいつら……。

固まっている風汰の隣に林田が並んだ。林田が子どもたちに向かって、人さし指を口にあてると、すっと静かになった。

すげー！　なにそれ、マジック？

風汰は心の中で叫びながら、まじまじと林田を見た。

「今日から五日間、あそびに来てくれるおにいさんです。みんな仲良くしようね」

そう言って、「自己紹介してね」と風汰に笑いかけた。

さっきとはえらく雰囲気が違う。

林田は数歩下がって、切れ長の大きな目を子どもたちに向けている。

「どうぞ」

あ、はいはい。

「えっとー、オレはぁ」

「オレじゃなくて、ボクだよ」

なんとかレンジャーのプリント入りTシャツを着ている男の子が言った。

林田がくすりと笑う。

うぜーガキだなと思いつつ、とりあえず、あははと笑って続けた。

「名前はぁ、斗羽風汰。中二」

オッケー、言えた。

ちらと横を見ると、林田が「で？」と首をかしげて、小さくあごを突き出した。

ちょっと怖い。やっぱ、第一印象は間違ってなかった。

風汰はそう確信して、前髪を揺らしながら「よろしくぅ」と付け足した。

「ふうたくんだって」

ふわふわの綿菓子のような髪飾りをつけている女の子が笑うと、隣のぽっちゃり系の女の子も足をバタバタさせながら、おかしそうに笑い出した。

風汰には、いま自分がした自己紹介のどこに〝笑いポイント〟があるのか、まったくわからない。

「ふうたくん」

「ふうたくんだ」

やたらと名を連呼する子どもたちに向かって、「なれなれしく呼んでんじゃねーぞ」と、心の中でつぶやく。

「チャボとおんなじ」

へっ？

「チャボのふーたくん」

「しんじゃったんだよね、このあいだ」

おいっ……。チャボと同じにすんなっての。つーか、なんの話してんだよ！

風汰は力なく笑って、遠くを見つめた。

とりあえず風汰が自己紹介を終えると、林田はピアノを弾《ひ》き始めた。それにあわせて、元気だけがとりえですって具合の歌をきりん組は三曲歌い、園庭に出た。みんなはだしだ。

園庭は園舎にくらべるとかなり広い。真ん中にこんもりとした土の山があり、周りににょきにょき木が生えている。とくに大きいのは、土の山の向こうにあるクスノキだ。でんと空に向かって枝を伸ばしている。けれどブランコやすべり台といった大きな遊具はひとつも見あたらない。

「なんもないじゃん」

風汰がつぶやくと、林田はふっ、と鼻で笑って、やっぱりはだしのまま園庭に出た。

「えっ、はだし？」

風汰の声に、林田が怪訝そうに振り返る。

「そう。履くの？　靴」

「履くでしょ、ふつー」

林田はふーんと言って園庭に目をやった。

「まあ、履きたいなら止めないけど」

「履くに決まってんじゃん」

風汰は玄関にまわって、靴箱からスニーカーを取り出した。ホワイトベースにブリリアントブルーのストライプが入っている。最近のお気に入りだ。廊下と園庭の間にあるウッドデッキに腰かけてスニーカーに足を突っこんでいると「ふーたくん」と、名前を呼ばれた。顔を上げると、園庭のちょうど真ん中で、緑色の帽子をかぶったきりん組の子が三人、風汰に向かってシャベルを振っている。そのすぐ横で、泥だらけの男の子が二人、地面に穴をあけていた。

あんなとこ、ほじくり返しちゃっていいのか？　いや、だめだろ、ふつー。

園庭には林田ともう一人、ショートカットの若い保育士がいたが、二人とも注意する気はないらしい。というより林田は大きなクスノキによじ登っている最中だ。

マジか。

幼稚園の頃、遠足かなにかで行った公園で木によじ登っていたら担任がすっ飛んできた。それで「風汰君！　木は登るものじゃないでしょ！」と、叱られた。木は癒《い》やされるもので登るものではない、というのが、その先生の持論だった。

それはそれで妙な話だと思う。けど、先生が率先して木に登るっていうのはどうなんだ。

きりん組の子が林田のあとを追うように枝に手をかけている。それをしげしげと見つめていると、ぬめっ、としたものが風汰の手にふれた。ぎょっとして視線を落とすと、頬にまで泥をつけた男の子が風汰の手を握っていた。

うわっ、きったね～。

笑顔が引きつる。

男の子はにっと笑って、もう一方の手もつかんだ。

「こっちきて！」

「え、あ、ああ」

泥だらけの手に気をとられて一歩踏み出したとき、足元がぐにゅっとした。

うっ……。

泥に埋まったスニーカーを見て、めまいがした。

黄色いバケツに水を入れている子どもの横にしゃがんで、風汰がたらいの中のスニーカーを洗っていると、すっと影ができた。見上げると、林田が手元をのぞきこんでいる。

「泥は落ちないんだよねぇ」

一応、同情しているふうを装ってはいるものの、どこかうれしそうに見えるのが風汰には癪にさわる。

「ま、とりあえずこれ使ってごらん」

林田は、『しつこい泥汚れに　DON』と書いてある粉洗剤の箱を置いて、鼻歌交じりに泥んこの中に戻っていった。

なんだよあれ。

唇を尖らせて、立ち上がると、「おにいちゃん」という少し舌ったらずな声がして、軽くジャージを引っぱられた。

つつっと視線を下げると、こざっぱりした男の子が風汰を見上げていた。泥だらけの他のチビとは違って、服も手もきれいだ。靴も履いているし、白い半そでのシャツには染み一つない。

目が合うと、男の子はうれしそうに微笑《ほほえ》む。さらさらな髪に陽があたり、きれいな光の輪ができる。

あ、天使。

――のわけないじゃん、と風汰は自分に突っこんで、むすっとした声を出した。

「なんだよ」

「しおん、おてつだいする」

「へっ？」

「あらったげる」

自分のことをしおんと言うその子は、蛇口の下にあるたらいの中から芥子《からし》色に染まったスニーカーをつかんで、はにかむようにもう一度、風汰を見上げた。首のうしろに、緑色の帽子がぶら下がっている。

こいつ、きりん組なんだ。さっき部屋にいたっけ？

思い出そうとしたけれど、頭に浮かぶのはきりん組の騒々《そうぞう》しさだけで、どの子の顔もはっきりしない。

シュゴシュゴシュゴシュゴ

しゃがみこんで、たわしをスニーカーにあてている小さな背中が前後に動く。

「へー、うまいじゃん」

「おばあちゃんがおしえてくれた」

「へー。って、いいからあっち行ってろよ」

風汰が洗剤の箱を水道の横にある切り株に置いてしゃがむと、しおん君はふるふると首を振った。

シュゴシュゴシュゴ
しおん君は手を止めると、立ち上がってかかとを浮かすようにして、切り株の上にある洗剤に手を伸ばした。

ばしゃ！

「うわっ」

フタだけをしおん君の手に残して、洗剤は箱ごとたらいの中へ落ちた。

「あっちゃ〜」

風汰が手を伸ばした瞬間、しおん君はひゅんと首を縮め、両手を耳にあてて目をつぶった。それを見て風汰はぷっと笑った。

驚いたときのカメみたいだ。

「こんだけ使ったら落ちるかもなぁ、泥」

しおん君がそっと目を開けた。風汰がおかしそうに目を大きく見開くと、しおん君は頰を赤くした。

「ほいっ」と、泡だらけのスニーカーを渡すと、うれしそうにしおん君はうなずいて、勢いよく水を出した。

たらいの中で盛大に洗剤が泡立つ。

シャボン玉が三つ宙に浮き、風にのって空へ舞い上がった。


十一時になると、園庭は急にあわただしくなった。「お部屋に入りますよー」というショートカットの保育士の声で一斉に片付けが始まったのだ。

子どもたちは、園庭のあちこちにぶちまけられている原色のバケツや、ままごとで使っていた皿やコップを、大きさや種類別にかごの中に入れていく。

ただの野生児の集団かと思ったら、片付けのできる野生児の集団だった――。

と風汰が感心して見ていると、なにかが尻にあたった。顔を向けると、日本人形みたいな髪形の女の子が、柄《え》の長いスコップを持ったまま、腕を組んでにらんでいる。

わっ、なにこいつ、すげー怒ってんじゃん。

「ちゃんとおかたづけしてください！」

「……オレ？」

驚いて周りに目をやったけれど、女の子の前にいるのは風汰だけだ。

「ぼーっとしないでかたづけてください」

「あ、ああ、うん」

風汰があわててスコップを拾い、笑ってみせると、女の子は細い目をさらに細くして頬を膨らませた。

こえ〜。こいつぜってーうざい女になる。

そう確信してうなずいていると、現役のうざい女の声がした。

「きみー」

林田がちょんちょんと手招きしている。

「なんすかぁ」

「あそこにあるすのこを、そこの水道のところからテラスまで並べて」

「すのこって？」

「……知らないの？」

「知らない」

林田は、なにか言いかけて、出かかった言葉を空気と一緒に飲みこんだ。

「あそこ見て。ぞう組の前に立てかけてある板があるでしょ。隙間の空いている板。板はわかるよね」

「わかるよ、そんくらい」

「よかった。あの板のことを、すのこって言うの。あれをここからテラスまで並べてほしいの。できる？」

「できるよ。こっから、あっちまで並べるんでしょ」

「そういうこと。じゃあよろしく」

風汰は林田の背中にベーと舌を出して、ぞう組へ向かった。

「これだな」

半畳ほどの大きな板が五枚立てかけてある。一度に持ち上げようとして、うっと声が漏れた。

ものすごく重いわけじゃないけれど、想像していたよりずっと重い。

二枚持って園庭を振り返ると、林田が丸太を両肩に担いで運んでいた。

よしっ。

風汰は残り三枚を合わせて持ち上げた。

「わー、さすが中学生、力持ちね」

ショートカットの保育士が、口を「わー」の形に開けたまま笑顔で手を叩く。

周りの子どもたちも、「すごーい」「おにーちゃん、ちっからーもちー」と、きらっきらした目を向ける。

風汰は鼻の穴を広げて、じりじりとカニ歩きで水道まで運んだ。

ばこん、と地面に置いて両手を振る。腕にくっきりと、すのこのあとがついている。

「横着《おうちゃく》しちゃって。いっぺんに運ぶより、二回に分けて運んだほうが早いでしょ」

蛇口にシャワーホースを取り付けながら林田はあきれたように言った。

「みんなー、シャワーするよー」

泥んこになった子どもたちが、われ先にと向かってきた。

「子どもたち、シャワーをしたらその上を歩いて部屋に行くから」

と、一枚目のすのこの上に二重に折って縫い付けてある分厚いバスタオルを置き、「ぐずぐずしない。早く並べて」とぴしゃりと言う林田に、風汰は大声で叫びたい気持ちで、空を見上げた。

シャワーを浴びた順に部屋に入ると、きりん組は着替えを始めた。汚れた服は通園カバンと一緒にフックスタンドに下げてある大きなビニール袋に入れ、ロッカーから新しい服を出して着替える。着替えた子は、トイレ、手洗い、うがいをする。その間に林田が部屋に戻ってきて机を並べると、子どもたちがそこにイスを並べ、小さなきんちゃく袋を、それぞれが机の上に置いていく。そこまで終わると、ある子は本棚から絵本を出してゴザの敷いてあるコーナーで読み始め、ある子は白衣に着替えて廊下へ出ていく。

くるくるくるくる動き回る子どもたちを見ているだけで、からだが重くなる。

なんなんだこの疲れは。罰ゲームか？

きりん組は、男の子五人に女の子が三人の八人クラスだ。事前打ち合わせのときに、エンジェル保育園は全園児五十二人の小規模園なのだと、園長から説明された。大きな保育園になると、二百人近い子どもがいるところもあるらしい。そのことを思い出して、風汰はため息をついた。

この人数でもこれだけ疲れるのに……、考えただけでもぞっとする。

思わず木製のロッカーに手をついたとき、「カンチョー!」というあどけない声と同時に、尻を突かれた。

「ぎゃっ!」

頼む。

少しでいい。

ほんの少し、ひとりにして。

放っておいて……。

風汰はトイレへ逃げこみ、個室に飛びこんでほっと息をついた。

トイレってこんなに癒やされる空間だったっけ? いや、でも考えてみれば、ここほどプライバシーを保たれる空間はない。トイレは究極の個室だ。そうだ、トイレは小便やくそをするためだけにあるんじゃない!

「ふーうーたーくーん」

コンコン!

コンコンコン!

「せんせー、ふうたくんがうんちしてる~」

……究極の個室も、ここではなんの意味ももたない。

風汰が肩を落としてカギを開けると、三角巾をかぶった林田が笑顔で言った。

「きみ、ホールに行ってお昼寝の準備手伝ってきて」

オニっ……。


ホールには、年長クラスのぞう組の子ども数人と、さっき園庭にいたショートカットの保育士がいた。

「みんなー、おにいちゃんがお手伝いに来てくれたよ！」

保育士は優しい笑顔を風汰に向けた。

これだ、これが保育士のイメージだ。

「押入れから出したお布団を端っこから並べてくれる？　ここでは、ぱんだ、きりん、ぞうの子どもたちがお昼寝をするの」

保育士が押入れを開けながら言った。

「ぱんだ、きりん」

「そう。三歳、四歳、五歳児クラスってことね」

ふーんと、うなずきながら、はたと気がついた。

あいつら飯食ったら寝るの？

マジで⁉

よっしゃー！

これでしばらく解放されると思うと、風汰は心底ホッとして、布団敷きも俄然やる気がわいた。

寝ろ、寝ろ、ガキどもさっさと寝ろ。

そう唱えながら、布団を一度に四枚運び、猛スピードで並べていく。ぞう組のお昼寝当番の子どもたちも、風汰に負けじと布団を運ぶスピードが上がる。

「あー、おにいちゃん、おふとんのマークみえてなーい」

「マークみえるようにおくんだよ」

お当番の女の子二人が、布団の端に縫い付けてある正方形の布を指さした。手前の布団の布にはちょうちょの絵が、隣の布団にはパトカーの絵が描いてある。

「ごめんごめん、説明するの忘れてた。あかねちゃん、このみちゃん、ありがとうね」

保育士がそう言ってえくぼを作ると、二人は得意そうに笑った。

「マークは、言ってみれば名札ね。子どもたちは全員自分のマークがあるの」

「はぁ」

「このマークを目印にして、子どもたちは自分のお布団に入るから、お布団を並べるときはこうやって、マークが見えるようにしようねって、お当番さんにいつも言ってるの。斗羽君もよろしくね」

そんなこんなで五歳児に注意を受けながらも、三、四、五歳児の布団三十二枚は数分でホールに並んだ。

「さすが中学生、助かっちゃった。ね、みんな、おにいちゃんすごいね」

「ポンせんせー」

短い髪を無理やり二つに結んで、ピンクのふわふわリボンを巻いている女の子が言う。

ポン？

保育士の名札を見ると、「ほんだ」と書いてある。

本田だからポン？　なら林田もリンダでいいのに、と風汰は人さし指で頬をかいた。

「ぱんださんに、どーぞっていってきていい？」

「うん、お願い」

ポン先生がうなずくと、「ぼくがいう！」「あたしがいう！」と、当番の子どもたちは競うようにホールを飛び出していった。

風汰がぽかんと見ていると、ポン先生が笑った。

「ぱんださんは給食が始まる時間が少し早いの。だからもうすぐ食べ終わる頃なのよ」

「そうじゃなくて、なんで、あんなにはりきって言いに行ったのかなって」

「みんなお当番さんの仕事が好きなのよ」

「好きなの？　当番が？　マジで？」

「うん、マジで」

ポン先生はぺろっと舌を出して笑った。

「年長さんは、お布団当番と給食当番と出欠当番、あ、出欠当番っていうのは、朝に全部のクラスの出欠人数を園長先生と給食室の調理さんに伝える係のことね。それからウサギ当番。毎日交替でみんなお当番をするんだけど、お当番の仕事はみんなすごくはりきるの」

「変わってんすね」

ぼそりと言うとポン先生は苦笑した。

「お当番さんは年長さんがメインだから、小さい子の憧れだしね。それに、誰かの役に立つってうれしいでしょ」

「はぁ」

風汰があいまいな返事をすると、ポン先生は、ピアノの上に置いてある絵本を手に取って風汰を見た。

「斗羽君はどうしてうちの園にしたの？　職場体験」

一番ラクそうだったから——。とは、さすがに言えず、あはっと笑って、風汰は噴水状になっている前髪をさわった。


きりん組に戻ると、もう給食は始まっていた。林田に言われて、風汰は持ってきた弁当を広げたけれど、まったく食欲がわかなかった。それでも子どもたちに「のこしちゃだめなんだよ」「ふうたくん、ひじついてたべてるー」と、あれこれ言われるのが面倒で、勢いよくかきこむと、「ちゃんとかんでたべるんだよー」と注意をされた。

おまえらうっせーよ、と言いたい気持ちを唐揚げと一緒になんとか飲みこんだ。

これが終わればこいつらはみんな寝る！　しょせん、おまえらはお昼寝が必要なお子ちゃまなんだっ。

そう思って、食べ終わった弁当箱を包んで立ち上がると、目の前の女の子ふたりが同時に風汰を指さした。

「ごちそうさまいってない！」

「……ごちそうさま」

風汰が言うと、林田がくくくっと肩を揺らして笑った。

給食の片付けをすると、子どもたちはさっさと歯磨きをしてパジャマに着替え、お昼寝の準備ができた順にホールへ行く。

「斗羽君も一緒に行って」と、林田に言われてホールへ行くと、年長組のぞう組の子どもたちもつぎつぎと入ってきた。

じゃまにならないように端に座っていると、遅れて来た林田がすーっと視線を動かして、風汰のところへまっすぐ来た。

「子どもたちが眠れるように、お布団をとんとんしたり、瞼《まぶた》のあたりをなでてあげて」

林田はそう言ってホールの真ん中あたりを指さした。

「あそこ、かほちゃんとりくと君の間に入って」

へいへい、と立ち上がって、布団と布団の間をぴょんと飛ぶと、「またがない、飛ばない、走らない」と、背中から低い声が飛んできて、子どもたちに笑われた。

みんなが布団にごろんとなったところで、ポン先生は絵本を開いた。タイトルは『くろねこくん』。

「あるところに、真っ黒なねこがいました」

ポン先生のやわらかい声がホールに静かに響く。聞いているうちに、すとーんと眠りに落ちるありがたい子もいれば、はなから〝寝る気なんてありません！〟的なオーラ全開の子もいる。風汰の両隣にいる、かほちゃんとりくと君もぱっちり目を開けて、ポン先生が読む話を聞いている。

とんとんに、なでなでなんかで寝るのか、こいつら。

とはいえ、少なくとも今日のお仕事の中で一番ラクだ。

「――くろねこくんは、またあしたねといいました」

ポン先生は一呼吸おいて、「さあ、目をつぶりましょう」と、絵本を閉じた。

カーテンを引いたホールは、日の光とカーテンの色がにじんだ橙《だいだい》色になっている。ときおりカーテンが風をはらんで大きく膨れあがる。小さく流れるオルゴールの音色が、心地いい。

とん、とん、とん、とん……。

部屋のそこここで寝返りをうつ音や小さな寝息、布団をとんとんする静かな音がする。

とん、とん、とん、とん……。

風汰は布団の間にあぐらをかき、両手で左右に寝ている二人の布団をとんとんとんとんした。最初はヘンな顔をつくって風汰の関心を引こうとしていたりくと君は、ほんの三分ほどで寝息を立て始めた。

よっしゃ。もしかしたらオレ、寝かしつけの才能あるかも！

気をよくして、かほちゃんを寝かすことに集中した。ところが、かほちゃんは寝そうで寝ない。ときどき目をつぶりはするものの、寝たかと思うとぱちりと目を開けて、風汰を落胆させる。

とん、とん、とん、とん。

風汰は、ごろんと横になって、とんとんを続けた。

寝ろ、寝ろ、寝ろ。

口の中で呪文のように唱える。

とん、とん、とん、とん。

ふんわりと風が流れてくる。汗ばんだ気だるいからだを風が優しくなでていく。

ああ、気持ちいい。

とん……とん……。

なんだ、この心地よさ。

と……ん……。

まぶたが、重い。眠い、眠い、睡魔が……。

……　……。

「ちょっと、ちょっと」

目を開けると、林田の顔があった。

「わっ」

「きみが寝てどうするのよ」

林田が小声ですごむ。

「寝てないっす」

「ふうたくん、いびきかいてたよ」

隣でかほちゃんが、あっさり言った。

林田の冷ややかな視線が痛い。

「もういいから、事務室に行ってなさい」

追い出されるようにしてホールを出たところで、風汰はがくりと肩を落とした。間違いなく、これまでの人生で一番働いた。こんな生活、五日間も耐えられる自信がない。

今日、何度目かのため息をつきながら事務室に入っていくと、園長が子どもを膝にのせて絵本を読んでいた。

きりん組の、しおん君だった。

「あら、もうみんな寝たの？」

「まだっす」

園長は「そう」とだけ言って、膝の上のしおん君に視線を戻した。

「——それからけんたくんは、くまたくんとなかよくおむすびを食べました。おしまい」

しおん君は絵本を持って、園長の膝から飛び降りた。上目遣いで風汰を見る。

「おっす」

風汰が言うと、しおん君はうれしそうにからだを揺らして、廊下へ出ていった。

「昼寝しないんすか？　しおん君」

風汰が言うと園長は少し驚いた顔をした。

「名前、覚えてくれているのね」

園長に言われて、風汰はあいまいにうなずいた。

半日で唯一名前を覚えたのが、しおん君だった。しおん君は友だちがいないのか、単に年上好きなのか、スニーカーを洗い終えたあとも、気づくと風汰のそばにいて、にこにこしていた。ほかの子と違って、叩いてきたり、いきなり飛びのってきたり、カンチョーなんてこともしない。目が合うと、恥ずかしそうにそっと手を握ってくるくらいだ。それで、ほかの子が来ると自分から手を離してどこかへ行き、また風汰の周りに人がいなくなるとやってくる。「またおまえかよ」と風汰が言うと、うれしそうに笑う。それからちょっとだけ話をする。「しおんね、ブランコこげるよ」。ほんの少しだけ得意そうに言うしおん君に、「すげーじゃん。オレもできる」と風汰が応えると頬を赤くして、こくんとうなずいた。

こんなことを、何度か繰り返していた。

「しおん君」

園長が顔の横で手招きした。しおん君は照れたように笑い、新しく持ってきた絵本を風汰に差し出した。園長はあらあらと言いながら、「ここどうぞ」と、ソファーから腰を上げた。

しおん君が風汰のジャージを引っぱる。

「よんで」

「オレ？　え、これ読むの？」

しおん君はソファーにぽんと座った。

「ムリムリ、オレ、国語苦手だし、音読好きくねーし」

風汰が手をばたつかせると、「音読と読み聞かせは別物だから」と、園長は風汰の背中を押した。

「これも職場体験の一環。はい、がんばって」

そう言って事務室を出ていった。

しおん君はソファーにすっぽりおさまって、風汰を見上げている。仕方なく隣に腰掛けて、風汰は絵本を開いた。

◇

園長は事務室を出ると園内を一周してホールへ向かった。一時過ぎから二時半頃までは、園舎も園庭も全部が眠っているように静かになる。ホールの戸をそっと開いて、カーテンをめくると、もうほとんどの子が眠っていた。

「林田先生」

小声で呼ぶと、布団の上に座っている林田が顔を向けた。

「ポン先生、かほちゃんお願い」

林田は、ポン先生が親指と人さし指でオッケーを作るのを見て、立ち上がった。

「ごめんなさいね。大丈夫？」

林田が出てくると、園長はそう言って歩き出した。

「もうほとんど寝ていますから。あのなにか？」

「斗羽君のことだけど。担当、お願いしちゃってごめんなさいね」

「いえ、誰かがやらなければいけませんから」

林田が言うと、園長は笑顔になった。

「職場体験の子を受け入れるのってけっこう大変でしょ。みんな、できれば他の人にお願いしたいって言うの。林田先生は、いつも二つ返事で引き受けてくれるから、つい今回も甘えちゃってね」

林田は首をかしげると、ためらいがちに園長を見た。

「職場体験って、子どもたちのためになるんでしょうか」

えっ？　と園長が驚いたように目を見開いた。

「本当に保育園に興味とか関心を持って来ているならいいんですけど、そうは見えなくて。なんていうか……、保育園が、学校側の都合につきあわされているだけなんじゃ」

「まあ、そういう子もいるかもしれないけどね」

園長はくすりと笑った。

「でも、それでもいいと思うのよ」

「えっ？」

「だって、人と人が出会って、そこからなにも得るものがないなんてことはないでしょ。子どもたちにとっても、体験に来る中学生にとっても、それにわたしたちだって」

そう言って歩き出して、事務室の前で立ち止まった。「ほら」と、園長が指さした。事務室のソファーの上で、中学生が爆睡している。「ちょっと」とドアに伸ばした手を林田は止めた。

爆睡中の中学生の膝に頭をのせて、しおん君が眠っている。

しおん君は去年転園してきてから、一度も保育園で眠ったことがない。

「斗羽風汰君、おもしろい子ね」

園長は林田の背中に、そっと手をあてた。

◇

「お疲れさま。じゃあ、今日はこれであがって」

「はいっ！」

昼寝が終わり、おやつの片付けが済んだところで林田が言うと、風汰は今日一番の笑顔で、一番の返事をした。

「きみって、人をいらつかせる趣味でもある？」

「へっ？　オレ趣味ってないっすよ」

「……あっそ。もういいから。お疲れ」

「あざ～す」

風汰は右手でだらしなく敬礼すると、前髪をぴょこぴょこさせながら、足取り軽くきりん組をあとにした。

廊下に出ると「あー、ふうたくんかえっちゃうの？」「もーすこしいてー」と、子どもたちが寄ってきた。

「やーだね」

風汰が言うときりん組から林田が顔を出した。

「きみ！　その言い方」

と、向こうから園長が「楽しそうね」とやってきて「明日もよろしくね」と風汰に微笑んだ。

ブウウ　ブウウ
バイブ音に気づいて「あーぃ」とスマホを耳にあてると、とんでもなくでかい声が脳天に響いた。

『風汰!?　何度も電話してるのに！』

「寝てた」

『風邪引くわよ。そんなことよりお母さん、まだ帰れそうにないの。お弁当買って食べてくれる？』

部屋の中はもう薄暗かった。壁にかかった時計を見ると、針が七時少し前をさしている。

もうこんな時間かぁと、あくびをしてソファーから起き上がった。

『冷蔵庫に天ぷらの残りもあるから、それもチンして食べて。わかった？』

「ん」

『ちょっと、ちゃんと聞いてる？　おーい』

「聞いてるよ、弁当買うから」

『天ぷらもね』

「わかってるって、じゃ」

『あっ』と、電話の向こうでなにか言いかけていたけれど、風汰は終了マークに指をあてた。

言われなくたって腹が減ればテキトーに食うっての。

専業主婦だった母の茜は、風汰が小学生になると同時にタウン誌やスーパーのチラシなどを作っている小さな編集・制作プロダクションに入って仕事を始めた。

最初は契約社員として働いていたけれど、風汰が四年生のとき正社員になった。ちょうどその頃タイへの赴任が決まった父の幹太《かんた》に、茜はあっさり「じゃあ単身赴任で」と言った。幹太は、「タイの家はすごいでかいらしいぞ。大きな家で暮らしたいって言ってたじゃん」と言ってみたり、「ガパオライスにトムヤムクン、パッタイにプーパッポンカリーだろ！　食いもんもうまいぞー」と、観光ガイドのグルメページをちらつかせたり、「風汰が小学生のうちは家族一緒に暮らしたほうがいいって言ってただろ」と、子どもをエサにしてみたり。最後は「一緒に行こうよ、ひとりじゃさみしいし」と、泣きついていたが、茜は「仕事があるからごめん。夏休みにあそびに行くね」と、にっこり笑って送り出した。

契約社員の頃は、六時には家に帰っていたけれど、正社員になってからは八時前に帰ることは珍しい。

「お母さん、仕事できるからいろいろまかされちゃって」とうれしそうに言う茜に、風汰は「人手不足なだけじゃないの」とポロリと言い、ムッとされた。

リビングのチェストから、お菓子の缶を取り出した。中には三千円分くらい小銭が入っていて、非常時はここから使っていいことになっている。

「今日は弁当かぁ。いいけどさ」

たいてい茜は八時頃帰ってきて、ちゃちゃっと食事を作る。それでも二週間に一度くらいは、今日のように弁当になる。

風汰は、五百円玉を二枚ジーンズのポケットに入れて玄関のドアを開けた。

「あっち〜」

日が暮れても、まだじめっとべたついた暑さが残っている。三階から一階までたらたら下りて、団地裏の駐輪場へまわった。ついでにもう一度、子犬のいる小屋のほうに足を向けた。

エサと水は、保育園から帰ってすぐにやった。少し休んでから散歩に連れていこうと思っていたけれど、あまりの疲れにさっきまで爆睡してしまったのだ。

足音が聞こえたのか、キャン！　と鳴き声が聞こえた。わずかに開けてあるドアの隙間から、赤い首輪をつけた子犬が出てきた。首輪についているリードの先は、小屋の中にあるフックに引っかけてある。

「いくら窓を開けてても、ずっと閉じこめられてたんじゃかわいそうだろ」

そう言って、まーくんセンパイが首輪とリードをどこからか調達してきたのだ。

「リードつけとけば、ドアを開けといても大丈夫だし、首輪しとけば野良犬と間違えられることもないだろ」

まーくんセンパイの言う通りだ。でもそのせいで、じいさんに見つかっちゃったわけなんだけど……、と風汰は苦笑した。

小屋の前まで行くと、子犬は転がるようにして風汰にじゃれついてきた。短いしっぽをものすごい勢いで左右に振って、指をぺろぺろなめる。

か、かわゆい。

ってやばい。完璧に情がうつってる……。

風汰は咳払いをしてリードをつかむと、団地の周りを軽く散歩した。二十分ほどで戻ってきたところで「風汰」と名前を呼ばれた。声のほうに目を凝らす。

「あっ、まーくんセンパイ」

まーくんセンパイはしゃがみこむと、子犬の頭をガシガシなでながら「散歩？」と視線を上げた。

「うん」

「で、見つかりそ？　飼い主」

ううん、と首を振ると、まーくんセンパイは眉毛の上を指でかいた。

「オレもいろいろ聞いてんだけどさ、猫なら飼いたいって人はいたんだけど」

「猫？　犬じゃダメなの？」

「犬って散歩がいるからダメなんだって」

「なにそれ」

風汰はリードを小屋のフックにかけて、ボウルに水を入れた。子犬がぺしゃぺしゃと音を立てながら飲んでいるのを見ていると腹が鳴った。

「オレ、弁当買いに行くんだった」

「なら早く行ってきな」

まーくんセンパイは、右手をひらひら振って、駐輪場の端に停めてあるマウンテンバイクにチェーンを巻き始めた。黒いボディーにロゴがスカイブルーで入っていてかっこいい。もう一度、まーくんセンパイを見た。

「ん？」

「そういえば、まーくんセンパイって、職場体験どこ行ったの？」

「行ったでしょ、中学んとき職場体験」

「ああ、うん、行った。オレは、『いこいの里』」

「なにそれ？」

風汰が笑うと、まーくんセンパイは巻き付けたチェーンを二度くいっくいっと引っぱった。

「老人ホーム」

「老人ホーム⁉　なんで？」

「じーちゃんとか、ばーちゃんが好きだから」

「うそうそ、べつに選んだわけじゃなくて、希望なしって出したら、『いこいの里』になった。あ、でもじーちゃんとかばーちゃんが好きってのはホント」

意外そうな顔をしていると、まーくんセンパイは、「人は見かけによらない、だろ」と目尻を下げて「なんでそんなこと聞くの？」と風汰を見た。

「オレ、今日から職場体験だったから」

「へー、そーなんだ。で、風汰はどこに行ってんの？」

「……保育園」

ぼそりと言うと、まーくんセンパイは一度瞬きをして、次の瞬間、爆笑した。

「オ、オレは、子ども好きとかそういうんじゃないから」

「おまえもセンセーに決められちゃったクチ？」

「違うけど」

風汰が口ごもると、まーくんセンパイは、もう一度吹き出した。

「でも、けっこう合ってるかもなぁ」

「合ってねーし」

「そうか？」

「マジで？」

「そーだよ。だって、うっせーし、汚いし、妙にパワーあるし、すげー疲れるしさ」

「だって子どもだもん」

あははっと、まーくんセンパイは笑った。

「まあ、合ってるかどうかはわかんないけど、オレは職場体験けっこー好きだったな。なんつーの、知らない世界っておもしれーじゃん」

おもしろい、かな……。

保育園での出来事を思い出して、鼻にしわを寄せた。

ぎゅるるる。

風汰の豪快な腹の音に、「早く弁当買いに行きな」と、まーくんセンパイは手を振った。


駅前の「ほっとほっと亭」に入ると、すっと汗が引いた。冷房がきついくらいきいている。

店の中では、スーツを着たサラリーマン風の人がカウンターでなにか注文していて、その後ろに大きなスポーツバッグを持ったお兄さんが並んでいる。入口のそばにあるベンチには、もう注文を済ませたらしい大学生くらいのカップルと、よれよれのTシャツにハーフパンツ姿のおじさんが座っている。カウンターの向かいに並んでいる惣菜コーナーでは、テニスのラケットを持ったおばさんとショッピングカートを押しているおばあさんが惣菜をパックに詰めていた。詰め合わせの弁当だけでなく、煮豆やひじき、カボチャの煮物などの惣菜が充実しているせいか、「ほっとほっと亭」は中高年の客も多い。

あいかわらず混んでんなぁと、風汰はスポーツバッグを持っているお兄さんのうしろに並んだ。順番を待つ間、カウンターの下にあるショーケースを一応ひととおり眺めたけれど、結局注文するものはいつも同じだ。

「お待たせしました」

カウンターの向こうで額に汗を浮かべて笑顔を作るおばさんに、風汰は焼き肉弁当の大盛りを注文した。

注文を終えると、ベンチの脇にある棚からマンガを一冊、適当に抜き出した。置いてあるマンガはなぜか『こち亀《かめ》』だけだ。めくりすぎてやわらかくなったページを読むともなしにぺらぺらやっていると、店のドアが開く音がした。紺色のふわりとした感じのワンピースを着たきれいな女の人が入ってきて、髪にハンカチをあてた。

雨？

外に目をやると、ぴかぴかっと稲妻が走った。

ベンチに座っているカップルのお姉さんが「きゃっ」と小さく声を上げると、隣に座っているお兄さんはうれしそうに「大丈夫だよ」と言いながら腰に手を回した。テニスラケットを持っているおばさんは、ふたりをじろじろ見ていたけれど、ほかの客は外に目をやっている。

店に入ってきたワンピースの女の人は、カウンターでなにか注文をして、奥の壁際でスマホをいじり始めた。

雨は、どんどん強くなっている。

「焼き肉弁当大盛り、お待たせしました」

五分ほどして弁当が出てきた。それを受け取って外に出ると、スコールのような雨がアスファルトを叩いていた。店の中で雨宿りをしていったほうがよさそうだな……、と振り向いたとき、目の端になにかがうつった。

ん？　顔を向けると、店の横にある自販機の隣になにかいた。

「わっ」

子どもだ。小さな子どもがしゃがんでいる。さらっさらの髪に白いシャツ。

しおん君？

「やっぱしおん君じゃん。って、なんで？　一人？」

風汰がそばに行くと、しおん君はおびえたように膝を抱いた。

「オレだよ、オレ」

そろりと顔を上げたしおん君は、泣きそうな顔で風汰をにらんだ。

あ、そっか。

「オレだって」

風汰は中腰になり、左手で前髪を束ねた。

「ふうたくんだ！」

しおん君の表情がふっとやわらかくなる。

「なにやってんだよ、こんなとこで。かあちゃんは？」

しおん君が店を指さす。

「なんだ、かあちゃんと一緒か。弁当買いに来たんだ」

中にいる女の人でしおん君のお母さんに当てはまりそうなのは、さっき入ってきたあのきれいな人くらいだ。

「入んねーの？」

こくんとうなずくしおん君の前髪が、汗でぺたんとおでこに張り付いた。

「なんで？」

しおん君はなにも言わず、靴のつま先をさわっている。

「あっ、かあちゃんに叱られたんだろ。なにやったんだよ。一緒に謝ってやろうか。オレ、言い訳得意だぜ」

しおん君は、ぶんぶん首を振る。

雨に濡れたアスファルトの匂いが強くなる。しおん君はしゃがんだまま、なにも言わない。

「やみそうもねーな」

自販機に小銭を入れて、赤く点灯したボタンを押した。

ガコンと落ちてきた缶コーラを取り出して、しおん君の横にしゃがんだ。プルトップを引くと、シュワッと泡が吹いた。あわてて口をつけるのを見て、しおん君が声を立てて笑った。

「飲む？」

風汰が差し出すと、しおん君は一度伸ばしかけた手を引っこめて、ぶるんと頭を横に振った。風汰は喉を鳴らして半分ほど飲み、黙ったまま、しおん君の隣で雨を見ていた。

しおん君は店のドアが開くたびに顔を向ける。で、またすぐうつむいて靴のつま先をさわる。四回目にドアが開いたとき、「しおん！」と、頭上から尖った声がした。

やっぱ、この人だ。

ワンピースの女の人は訝し気な目を風汰に向けて、しおん君の右腕を強く引いた。「あっ」と、しおん君が顔をゆがめる。痛そうに左手を右腕の付け根にあてるしおん君に、女の人は不快そうな視線を向けた。

「知らない人と話しちゃいけないって言ってるでしょ」

「しおん、しってる」

しおん君が必死になって言う。

「オレ、いま、職場体験でエンジェル保育園に行ってて」

風汰が言うと、しおん君はほんの少しほっとした表情で、「ふうたくんだよ」と、母親を見上げた。

母親は、しおん君のことは見ようともせず、足元から頭のてっぺんまで、つっと風汰を見た。

「帰るわよ」と、雨の中を歩き出した母親のあとを、しおん君が追いかける。母親に追いついたところで、一度しおん君は振り返って、手を揺らした。

風汰も手を振って、ふーっと息をはき出した。

苦いような、重たい息を残りのコーラで流しこむと、げふっと喉が音を立てた。

職場体験　二日目

ちっこい。

それが、ひつじ組に行ったときの風汰の第一印象だ。かろうじて〝子ども〟という印象のぱんだ組と比べると、たった一年しか違わないのに、二歳のひつじ組の子たちは、あきらかにあかちゃんだった。

歩くし、しゃべるし、三輪車にものる。ついでに言うと、おやつだってひとりで食べるし、靴だって自分で履いて、脱いだら靴箱に戻している。

けど、あかちゃんなのだ。

朝の「おあつまり」が終わると、風汰は林田に呼ばれた。

「今日はいまから、ひつじ組の手伝いに行って」

「ひつじって?」

「二歳児クラス。パートさんが都合悪くなっちゃってお休みなの。もうすぐおやつだから、それを手伝ってきて」

「いまからおやつ？」

「未満児は午前にも軽いおやつがあるの」

「未満児？　あ、生まれたとき小さい」

「それは未熟児。未満児は三歳未満児のこと。つまり〇歳から二歳までの子のことを言うの」

なら最初からそう言えばいいのにと、口を尖らせると、「未熟児なんて言葉知ってるんだぁ」と林田が笑った。

「知ってるよ。つーかオレ、未熟児だったし」

風汰が胸を張ると、林田はぷっと吹き出した。

「そこ、威張るとこじゃないでしょ」

「いいじゃん。小さく生まれたのにこんなに立派に育ってんだし」

「それはお母さんのおかげだね。まあ、こっちのほうはいまだ未熟みたいだけど」

「はっ？」

林田はこめかみにあてた指を下ろして、「いいのいいの」と、風汰の背中を押した。

「ほら早くひつじ組に行って。あ、おやつ、午後はあげるけど、未満児さんのは食べちゃだめだからね」

「食わねーし」

「終わったらさっさと戻ってくるのよ」

風汰は「うい～」と右手を上げた。


「ごめんね、都合よく使っちゃって」

担任保育士のたら先生こと、滝川《たきがわ》さら先生は、トイレから戻ってきた子どもにパンツをはかせながら風汰に声をかけた。

「その三角巾をして、トレーの上のおやつを子どもたちに配ってもらえるかな」

たら先生が視線を向けた棚の上に、お盆があった。

「リョーカイっす」

お盆の上には牛乳パックとコップ、皿の上に金太郎あめを切ったような一口大のチーズがのっていた。

「おやつってこれ?」

風汰が言うと、たら先生が「そう」とうなずいた。

「めっちゃカルシウムじゃないっすか」

「そうだね、うん、骨は大事だから」

たら先生は、ごくごくあたりまえのように笑って、「チーズはビニールをむいてあげてね」と付け足した。

これがおやつ? こんなおやつなら、言われなくても食わない。チーズ嫌いだし。

ビニールをむきながら風汰は、うげっと顔をしかめた。

机にチーズをのせた皿とコップを置いていくと、子どもたちは戸惑うこともいやがることもなく、目の前のカルシウムを小さな手で口に運んでいる。

「うまい?」

思わず問いかけると、大福のようなほっぺたの女の子が「おかーたん、ばいばい」と、風汰の問いかけとはまったく関係のない言葉を発した。えっ? と首をかしげていると、今度は隣にいる子が、そのまた隣にいる子の頭をぺしゃりと叩き、叩かれた子がぎゃーと泣き出した。

なんなんだ、こいつら……。

唖然《あぜん》としていると、向こうの机から、たら先生が来た。

泣いている子に、「痛かったね」と言って背中をなで、今度は叩いた子の手を握って、「ぱちん、したら痛いよ。悲しいよ」と同じように背中をなでた。

「ごめんねしようね。ちこちゃんごめんね」

たら先生が言うと、叩いた子は「めんね」と言い、叩かれたちこちゃんは、泣きやんでこくんとうなずいた。

え、解決？　叩いたチビの「めんね」は、反省しているんじゃなくて、ただ先生の言葉をリピートしただけだし、叩かれた子もそんなんであっさり泣きやむってどーなんだ。ヘンだ。つーか、それなら最初から泣くことなんてなかったんじゃないか？　いや、というより、なんでいきなり叩いたのか意味不明なんですけど……。

牛乳パックを持ったまま固まっていると、たら先生が話しかけてきた。

「まだ言葉でうまく伝えられないの。だからつい手がね」

そう言って風汰を見てにっこり笑い、子どもたちが食べ終わるのを確認すると、

「じゃあ、園庭に出るから、お片付けよろしくね」と、三角巾とエプロンをはず

した。

「お外に行こう」

ウッドデッキで黄色い帽子を一人ひとりにかぶせて、たら先生と子どもたちは園庭に出ていく。

どこかで見た光景だな、と頭の中の回路をたどっていくと思いあたった。

カルガモ親子の行進だ。

スッキリしたところで机を拭いていると、きりん組のいつき君とこうたろう君が園庭からぴょこっと顔を出した。

「ふーたくん、まだー?」

「はやくあそぼー」

おお、言葉が通じる。

風汰は机を拭く手を止めた。

「おまえらって、けっこうすげーな」

きりん組に戻ると、林田がリュックに救急セットやタオル、ティッシュペーパー、水筒などを詰めこんでいた。

「なにしてるんすか」

「遅かったじゃない。おいていくとこだったよ」

そう言って、はい、とリュックを風汰に渡した。

「いまからお散歩に行くから、それ持ってついてきて」

「これ?」

散歩というより、ちょっとした登山にでも行くような大きさだ。

「散歩ってどこまで行くんすか?」

「ふね公園」

「めちゃ近いじゃん!」

ふね公園は、エンジェル保育園から十分ほどのところにある児童公園だ。船の形をしている大きなすべり台があることから、「ふね公園」と呼ばれている。正式には「砂川花森《すながわはなもり》公園」と言うらしいけれど、「砂川花森公園」と言われてぴんと来る人はほとんどいない。

「近いよ、だからなに?」

「だってこのリュック」

林田は風汰の言葉を無視して、事務室の壁にぶら下げてあるケータイを取った。

「これも入れておいて」

「うん。あのさ、なんでこんなに持っていくの？　公園行くだけなのに。それにこれって」

リュックに下げてあるしずく形の防犯ブザーを揺らした。林田は一瞬なにか言いかけて大きく息をついた。

「もー、ごじゃごじゃ言わない。先に靴履いて待ってて」


公園にはきりん組とぞう組の二クラスで出かけた。四歳と五歳が二人一組になって手をつなぎ、二列になって歩く。先頭が林田としおん君で、しんがりが風汰とポン先生だ。

きりんとぞうの一行は、やたらと歌をうたう。トトロの〝あるこー〟から始まって、かえるのうたやら、ホ！ホ！ホ！　と、とにかく「ホ！」を繰り返す歌なんかをうたいながら歩いていく。

畑の前を通ると、草取りをしているおばあさんが腰を上げた。列が自然に止まり、「こんにちはー」と林田が手を振って挨拶をすると、子どもたちも「こんにちはー」と手を振った。

「今日はなにかな？」

風汰の前にいるぞう組の女の子が笑って振り返ると、ポン先生も「なんだろうね」と、おかしそうに笑った。

「あっちい～」と風汰がシャツをバタバタさせながら、前方に目をやると、畑のおばあさんは、こっちに向かって〝おいでおいで〟と両手で手招きしながら、農道に停めてある軽トラックへ足を向けた。荷台から大きなキャベツを一個取り出して頭上にかかげる。

「これー、持ってってちょうだい」

「ありがとうございまーす」

林田が大きな声で返事をすると、子どもたちは一斉にあぜ道に駆け下りた。

「わー、おおきいね」

「つぐみ、おばあちゃんのおやさいすき！」

「ぼくも！」

「あいりも」

「そうか、ばあちゃんの野菜、おいしいか」

おばあさんは目尻のしわを深くして笑った。

「いつもありがとうございます」

「いやぁ、こんなに喜んでもらえるんだもんねぇ。よかったらもっと持っていってちょうだい」

「でも、いつも申し訳ないです」

「売るほどあるんだから、遠慮なんていらないよ」

「じゃあ、お言葉に甘えて。今日は荷物持ちの男子もいるんで」

そう言って林田が風汰に顔を向けると、おばあさんはからからと笑った。

「なんだ先生、えらく準備いいじゃないの」

「はい！」

二人の笑い声につられるように子どもたちも笑う。

誰が荷物持ちなんだ。

風汰は足元のぺんぺん草を引き抜いた。

子どもたちは「やったー」「やったー」と、宝物でもゲットしたような勢いで、ぴょんぴょん飛び跳ねる。

……おまえらさ、昨日の給食で残してたじゃん、野菜。好きじゃないだろ、キャベツ。ホントはそんなに。

と、疑いの目で子どもたちを見ていると、腹にどんと衝撃があった。

「うっ」

「はい、穫《と》れたて！」

おばあさんは金歯をにっと見せて、特大キャベツを二個、風汰の腹に押しあてた。

おもっ……。

「さあ、行きましょう！」

林田の声に、子どもたちは「ありがとー」と礼を言って、あっという間にさっきと同じように二列になった。


ふね公園でひとしきりあそび、十一時半すぎに帰路についた。大人の足では十分ほどの距離が、子どもだと倍以上かかる。最初は単に歩く速度の問題かと思ったが、そうではない。立ち止まっている時間がやたらと多いのだ。

「車が来たよー」と言っては立ち止まり、どう見ても車など来るはずのない横断歩道でも、「右見て、左を見て、もう一度右を見て、はい、手を上げて渡りましょう」をやる。ある程度、車や自転車の通りがある横断歩道では、全員が一度に渡りきれるだけの余裕ができるまで渡らない。

帰りはあそび疲れていることもあって、さらに時間がかかり、保育園にたどり着いたのは十二時を過ぎていた。

林田は、門を開いて子どもたちが入ったのを確認すると、玄関脇にあるインターホンに指をあてた。『はーい』と少しこもった声で返事が聞こえる。

「きりん組、ぞう組、戻りました」

『いま開けまーす』の声と同時に、かちゃりと音を立てて玄関のドアが解錠され、園長が「おかえり」と顔を出した。

林田は玄関のドアをストッパーで固定して子どもたちを園舎に入れ、最後に風汰が入るとストッパーをはずした。ドアが閉まると、ウイーンと機械的な音を立てて、自動的にカギが閉まった。

「すげっ、オートロック」

「知らなかったの？　あ、そうか、朝夕の登降園の時間は施錠しないからね」

「つーか、なんでカギなんてかけんの？　べつにとられるもんなんてないじゃん、ここ」

風汰が言うと、林田は苦笑した。

「安全対策なんだよね、これ」

「安全対策？」

「前は違ったんだよ。門もいつも開いてて、誰でも、いつでも自由に入ってくださいって。いまだって、近所の人なんかには、いつでもあそびに来てくださいって言ってるんだけど、施錠されてたら、ふらっと立ち寄ってみようか、なんて感じにはならないよね。仕方がないけど」

「なんで仕方ないの？」

「だから安全のためって言ったでしょ。いまの時代、いろんないやな事件があるからね、不審者対策。子どもたちの安全を守るのはあたしたちの一番大事な仕事だから」

林田がスニーカーを脱ぎながらこたえると、その横に風汰はとんと座って笑った。

「でもこれ、ここに似合わないっすよね」

「あたしだって、オートロックなんてうちの園には合わないって思ってるよ」

「うわっ！」

「なによ」

「リンダと意見が合った！」

風汰が騒ぐと、「リンダじゃなくてハヤシダ」と軽くにらんで、林田は苦笑した。

「え～、リンダのほうがいい感じっすよ」

そう言う風汰に「ばか」と言って、キャベツ入りのリュックに手を伸ばした。

「これ、持ってくれてありがとう。助かった。さ、給食の準備急ぐよ」


トイレに行ってからきりん組の部屋に戻ると、子どもたちは着替えや手洗いでバタバタしていた。林田も給食の準備に取りかかっている。風汰はとりあえず台拭きを手にして、給食用に並べた二台の机の上をこすりつけた。

こういう忙しそうなときは、下手に動かないに限る。と思っていた矢先、「斗羽君」と名前を呼ばれた。廊下で園長が手を動かしている。

「布団敷き、手伝ってもらっていい？」

昼寝の布団敷きは、いつもはぞう組のお当番数人と保育士とが担当している。でも散歩からの帰りが遅くなったり、午前中の活動がのびるようなときは、手の空いている職員が代わる。といっても、布団敷きはさほど大変な仕事ではない。

ホールにほうきをかけてゴザを敷き、その上に布団を並べていく。子ども用の小さな布団には、袋状のシーツが掛かっていて、二つ折りにしてしまってある。その間に、掛け布団用のタオルケットが挟みこむようにセットされているから、これを端から並べて開いていけばいい。

昨日、ぞう組の当番を手伝っているから、風汰にも要領はわかっている。それでも当番の子がいないぶん、ちょっとは時間がかかるかなと思っていたが、かえって園長と二人のほうが早かった。

あいつらって、手伝っているっていうより、邪魔しててんじゃねーの⁉

風汰が鼻を鳴らして大きく伸びをしていると、並べた布団のいくつかを園長が入れ替えはじめた。

そういえば、ポン先生も昨日こんなことしたっけ。と、園長の動きをぼーっと眺めていると、目が合った。

「並べる順番あるなら、オレやるけど」

「違うの、順番はないのよ。でも隣同士にするとふざけちゃう子とかいるでしょ」

いる。小学生の頃、よく仲のいいヤツと席を離された。

「端っこじゃないと落ち着かない子もいるし、先生たちがつきやすいように、なかなか寝ない子同士を隣にすることもあるしね」

「へー」

「その日の子どもたちの様子を見て調整しているのよ。だから斗羽君は今日みたいに端からランダムに並べてくれればいいの」

「けっこーいろいろ考えてるんすね」

風太が感心したように言うと、園長はぷっと笑った。

「保育士って、ベビーシッターとか子守りみたいに思われがちだけど、そうじゃないのよ」

「そうなんすか？」

園長は布団の位置をもう一度確認して、うなずいた。

「子どもがどうしたらその子らしく、幸せに生活することができるか。その子の持っている力を引き出すことができるか。正しい成長や発達を遂《と》げることができるか、とかね。そういうことを考えて保育しているの」

「メチャ大変じゃないっすか！」

「専門職だからね、保育士は」

「センモンショク？」

「そう。鬼ごっことか、おままごととか、泥んこあそびにも、ちゃんとねらいとか、目標があるのよ」

園長は楽しそうに保育について話しているけれど、風汰には園長の言っていることの半分もわからなかった。

鬼ごっこにねらい？　ってなんだよそれ。鬼ごっこは、鬼は追いかけて、鬼じゃないヤツは逃げる。それだけだ。

「大変だけど、好きだからできるのよね。斗羽君も好きなことは大変でも頑張れるでしょ」

そんなものがあるかな、オレに。

「園長先生、子どもたちいいですか」

ぱんだ組の保育士が来たところで、話は終わった。

「ふうたくん、ここきて！」

「ここ、ここ！」

弁当を持ってきりん組に戻ると、給食が始まっていて、五人で机を囲んで食べている子たちが声を上げた。もう一つの机は三人で食べている。

「斗羽君も早く食べちゃって」

林田が、おかわりに来たこうたろう君の皿に、レバニラ炒めをよそいながら言った。

「ほーい」と弁当箱を手に、三人で食べている机に弁当箱を置いた。

「えー、ふうたくんこっちー」

「きてきてー」

「やだよ、そっちせまいじゃん」

風汰が言うと、「へーきだよ」「へーきへーき」と、五人テーブルの子どもたちはイスを寄せ合う。その拍子《ひょうし》につぐみちゃんの箸が床に落ちた。あわてて拾い上げて手でぬぐっているつぐみちゃんに、「ちゃんと洗ってきなさい」と、林田が注意をして、「斗羽君もさっさと席について」と付け足した。

とばっちりー。

イスを三人席のほうに置いて、林田にべーと舌を出すと、そう君、あいりちゃん、しおん君がおかしそうに笑った。

「みて」

席に座ったとたん、そう君が青い箸を突き出した。

「ぼくの、はりきりレンジャー」

「あいりはキューティーめぐちゃん」

あいりちゃんは、ピンクの箸を得意そうに見せる。

そういえば幼稚園のとき、仮面ライダーかなんかの箸箱がほしくて、しつこくねだったことがある。母親に「二個もいらないでしょ」とあっさり却下されたけど、それでもしつこくねだっていたら、クリスマスの朝、箸とスプーンとフォークの入った箸箱が枕元にあった。

めちゃくちゃうれしかったのを覚えてるけれど、いま思うと、サンタからのプレゼントが箸箱ってどうなんだ。五歳の子どもへのプレゼントにしては、あまりにも実用的すぎる。夢がない。

うんうんとうなずきながら隣を見ると、しおん君は割り箸を使っていた。

「なんだよ、箸、忘れちゃったのか」

風汰が笑うと、あいりちゃんはぐっと身を乗り出した。

「ちがうよ。しおんくんはいっつもわりばしだもん」

えっ？

そう君も「そーだよ」とうなずく。

しおん君は黙ってうつむいたまま箸を両手で握った。

もしかして、隠そうとしてる？

でも、長い割り箸は、しおん君の小さな手から半分以上はみ出している。風汰は唇を一度かんで、あごを上げた。

「オレ、割り箸好きだぜ。こーやってさ、ばちって割んの、かっけーだろ」

口で箸を割る真似をすると、しおん君は風汰を見上げた。

「まあ素人《しろうと》がやると、斜めになったりすんだよな。おまえ、できる？」

ふるふるとしおん君がかぶりを振る。

「だめじゃん、じゃあ、明日オレが見本見せてやる」

箸を握っていた、しおん君の手が開いた。

よし。そんでいい。おまえが恥ずかしがることねーし。

「ぼくもわりばしもってくる」

「あいりも！」

「なら、おまえらにも教えてやるよ」

風汰はそう言って、弁当を包んでいる布をほどいた。

「いただきまーす」

「どうぞめしあがれ」

三人は声をそろえて言い、風汰が弁当箱を開けるのを興味深そうに見ている。

「あんま見んなよ」

そう言いながら、風汰が蓋を開けると、あいりちゃんは上半身を乗り出した。

「はーとだ！」

「ほんとーだ、ひよこさんもいる！」

そう君も目を輝かせる。

ぎょっとして弁当に目をやると、白飯の上にハートにカットされた海苔《のり》と薄焼き卵がのっていて、唐揚げとブロッコリーの横に、ひよこにアレンジしたうずらの卵が入っている。

こーいうのやめてくれって言ってんじゃん……。

キャラ弁、と言うほどではない中途半端な手の加え方が、母親らしい。

「いいから、おまえら早く食えよ」

そう言って風汰は、ハート形の海苔と薄焼き卵、それからひよこ形のうずらの卵を口に入れた。

あいりちゃんが「あぁー」と残念そうに言って、あれ？　と風汰を見た。

「ふうたくん、フォークでたべるの？」

すると向こうの席でいつき君も「きのーもフォークだった！」と声を張り上げる。

ちっ、面倒くせー。

「いいんだよ。なんで食おうと腹に入れれば一緒だし」

えーっ！　と、かほちゃんがアホみたいに大きな声を上げた。

「おおきいこは、はしだよ」

「ふうたくん、あかちゃんみたい」

かほちゃんとつぐみちゃんは「ねー」とうなずき合う。

反論する気も失《う》せて、弁当にフォークを突き立てていると、しおん君が五人席のほうへからだを向けた。

「ふうたくんは、あかちゃんじゃないよ」

小さなささやくような声が、すーっと部屋中に響いた。

「だって！」

かほちゃんが立ち上がった。

「ぱんださんだっておはしだよ。おはしじゃないこは、ひつじさんだもん！」

「はい、そこまで」

林田がパン！　と手を叩いた。

「いまはなんの時間？」

「きゅうしょくのじかん」と、数人がぼそりと答える。

「そうよね。ごはんはおいしく、楽しく、仲良く食べないと。調理さんにも、お肉やお野菜を作ってくれている人にも申し訳ないよ」

かほちゃんは頬をぷっと膨らませて席につき、しおん君も前を向いてレバーを口に入れた。

視線を感じて振り返ると、林田がしおん君を見ていた。やわらかくて、でも少し不安そうなまなざしの林田から目をそらせずにいると、ばちっと目が合った。

やべっ。

なにがやべっ、なのかわからないけれど、ビクンとした風汰に林田は目を細めて、あごを上げた。

（さっさと食べちゃいなさい）

無言の圧力を感じて、風汰は弁当をかきこんだ。

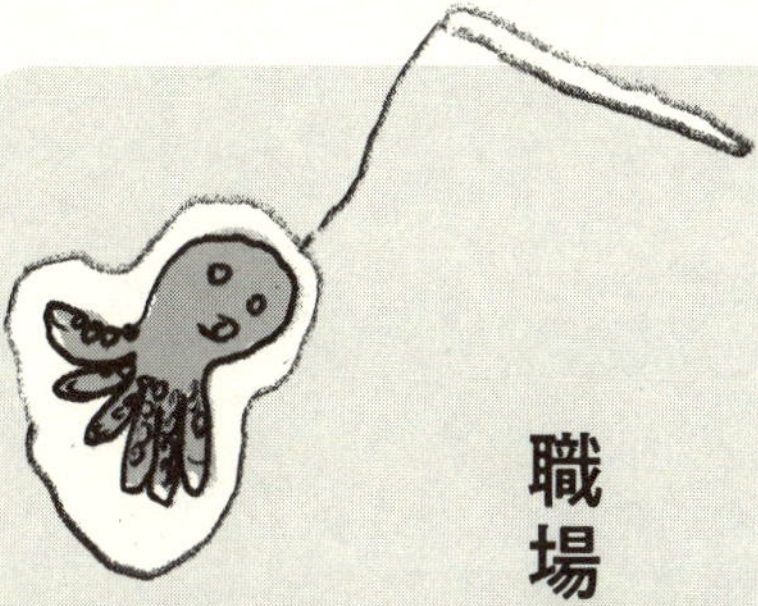

職場体験　三日目

「ポン先生、そっち、そっち、つかまえて！」

「あっ、こら逃げるな、待て」

風汰が玄関で靴を脱いでいると、にぎやかな声が聞こえた。朝っぱらから騒々しい。

「本当にもー。つぎ逃げたら縄をつけるからね」

縄？　物騒《ぶっそう》きわまりない言葉に、事務室へ行くより先に園庭へ顔を出すと、水道の前で林田が腰に両手をあてて立っていた。正面にいるのはポン先生。そのポン先生の前にきりん組のかほちゃんとつぐみちゃんが両手を広げて立っている。

「せんせーいじわる！」

「かわいそうだよ！」

かほちゃんとつぐみちゃんが、怖い顔で林田をにらみつけている。

「まあまあ、林田先生も、縄はちょっと」

ポン先生が苦笑する。見ると、ポン先生の腕の中には黒いウサギがいた。

「やだなぁ、冗談だよ。そんなことするわけないでしょ」

林田が珍しくあたふたしているのがおかしくて、にやにやしながら眺めていると目が合った。

「斗羽風汰く～ん、あたし優しいよねぇ。いじわるなんてしないよね～」

「どうっすかね？」

そう言って風汰はぺろっと舌を出した。


九時。毎日この時間になると園庭であそんでいる子どもたちは、一度部屋の中に入る。「おあつまり」と言われる時間で、クラスごとに出席をとったり、話をしたり、歌をうたったりする。学校でいうホームルームの時間だ。

林田の周りをゆるい半円状になって、きりん組のみんなが座る。風汰はそのうしろに座って、あくびをしながら園庭をながめた。

「あいざわつぐみちゃん」

「はい！」

名前を呼ばれると、子どもはぱっと立ち上がり、右手を上げる。

「きさらぎあいりちゃん」

「はいっ！」

「お、あいりちゃん元気いいね」

林田が笑う。

「せのおしおん君、はい、しおん君はお熱でお休みです」

「えー」

「おやすみいいなー」

「ちゅうしゃするのかな」

子どもたちの声が、わっと部屋に広がった。

「おあつまり」が終わって、子どもたちが園庭に出ていくと、風汰は林田の背中にぼそりと言った。

「しおん君って、本当に熱なんすか？」

「どうして？」

「なんとなく」

「さっきお母さんから電話があったの。三十八度あるから休ませますって」

林田はそう言って風汰を見た。

「昨日、あいつ元気だったけど」

「子どもは急に熱を出すことがあるからね」

ふーたくーん、ふーたくーん。

園庭から子どもたちが呼ぶ声が聞こえる。

「ほら、呼んでるよ」

「うん」

「うんじゃなくて、はい」

風汰は前髪をきゅっと結び直して、「はいはい」と部屋を出た。


ジャージの裾《すそ》をまくって、風汰ははだしのまま園庭に飛び出した。初日にお気に入りのスニーカーを泥だらけにされてから、ずっとはだしだ。ぬめっとした土の感触が気持ち悪かったはずなのに、思い切ってはだしで出てみると気持ちよくて、即ハマった。

「ねー、ふうたくん、ここほって」

りくと君が、柄の長いスコップを引きずってきた。

昨日、園長に頼まれて園舎裏の小さな庭に大きな穴を掘ってから、園庭あそびのたびに子どもたちに、「ここほって！」とリクエストされている。ちなみに、裏庭に掘った穴はなにに使うのかと風汰が聞くと、園長はまだ決まってないと笑って、「大きな穴があったら、おもしろいあそびができそうじゃない」と答えた。とりあえず、風汰がいる間に力仕事を、ということだったようだ。

「ほってほってー」

「やだよ、自分で掘れよ」

「だって、おおきなのほりたいんだもん！　ほってー、ここほって、ここほって」

おまえは花咲かじいさんの犬かっ。

そう心でつぶやきながら、「しょうがねーな」と、風汰はスコップを受け取った。

ざくっ！

スコップを園庭のど真ん中にさしこむ。毎日繰り返し掘り返されている園庭の地面はやわらかい。気持ちいいくらい、土に食いこむ。

さくっ、ざっ、さくっ、ざっ

あっという間に、そこそこの穴が掘れた。スコップをとめて、腕で額の汗をぬぐう。

「おみず、いれていい？」

りくと君が、カラのバケツを振り回して言った。

「オッケー。水運んできな」

風汰は、水で土が崩れないように、掘り起こした穴の縁《ふち》をスコップでぱんぱんと固めながら、隣にできた土の山を見た。

そういえば、チビの頃はよく砂山を作ったよなぁ。でっかい山が作りたくって、でもなかなかうまくいかなくて。って、いまならできんじゃね？

風汰は、シャベルで掘り起こした土をどんどん集めた。

どうせなら、うんとでかいのを！

と、さらに穴を広げて、山に土を盛った。気がつくと、山の周りに子どもたちが集まっていた。

「いーれーてー」

きりん組のそう君とこうたろう君が言うと、他の子たちも「いーれーてー」と言う。「いーいーよー」と、りくと君が返すと、子どもたちは一斉に肩ほどまである山を両手でぺたぺたやって、固め始めた。

「トンネルつくろ！」

こうたろう君が山に穴を掘る。

「お、いいねー。ならオレは」

風汰はままごと用のスプーンで山の斜面を削り始めた。てっぺんから裾野《すその》まで、くるくるとらせん状に溝《みぞ》をつくっていく。

「この溝に、ビー玉とかスーパーボールを落として転がしてさー」

風汰は昔、夢中になってあそんだことを思い出しながら、慎重に山肌を削った。

よし、もう少しで完成だ！と、ふといやな予感がした。こうたろう君たちが掘っているトンネルがやたらとでかい。

「あ、なあ、そんなに穴開けたら山が壊れ」

と、言った瞬間、「ばーん！」と雄叫《おたけ》びを上げて、こうたろう君が山をキックした。

「あっ」

うそだろ……。

風汰が呆然《ぼうぜん》としていると、いままで熱心に山作りをしていた子たちが、嬉々《きき》として山を破壊しはじめた。

やっぱ、子どもってやだ。


もうちょっとでできあがるとこだったのに、オレの山。

水道の水を勢いよく出して、泥だらけの手を洗いながら、もーぜってーあいつらと山なんて作らない！　と風汰が心に誓ったとき、つんつんとジャージを引っぱられた。

「またおまえかよ」

そう言いながら顔を向けると、かほちゃんだった。

そっか、しおん君は休みだったんだよな。

かほちゃんは、風汰のジャージをつかんだまま、反対の手で、おいでおいでをする。

「なんだよ」

「こっち」

かほちゃんはスッポンみたいにジャージをつかんだまま、ずんずん歩き出した。

「引っぱるなって、伸びるだろ」

園庭の隅まで行くと、かほちゃんは手を離した。

「あーあ、伸びちゃったじゃん」

風汰が言うと、かほちゃんは目に涙を浮かべた。

え、うそ、泣くの？　泣いちゃうわけ？　オレが悪いの？

「くろちゃんが」

「へっ？　くろちゃんって誰？」

かほちゃんは、ぷっと頬を膨らませた。

泣いたり怒ったり、忙しすぎる。

「くろちゃんは、くろちゃんだもん」と、うしろにあるウサギ小屋を指さした。

あぁ、黒ウサギの「くろちゃん」。って、そんなのわかるわけねーだろっ、と喉元まで出かかった言葉をぐっと呑みこんだ。

さすがにここで、子どもを泣かすのはマズい。

「で、くろちゃんがどうしたんだよ」

小屋の前にしゃがんだかほちゃんの隣に、風汰もしゃがんだ。かほちゃんは落ちているスティック状のニンジンを拾って、小屋の隙間からくろちゃんに差し出したけれど、くろちゃんは隅の方で、おはぎみたいに丸くなっている。

「ウサギ、さみしいとしんじゃうんだって」

かほちゃんは、少し鼻にかかったような声で言う。

「マジで？」

「まきちゃんがいった」

「まきちゃんって誰？　獣医師？」

「ジューイシって？」

「動物のお医者さん」

「ちがうよ。おいしゃさんじゃないもん、まきちゃんはごねんせい。かほのおねえちゃんっ」

と威張《いば》ったように言って、小屋を指でとんとんした。

「くろちゃん、ひとりぼっちでさみしいんだよ。だからすぐにげちゃうんだもん」

ああ、今朝のウサギ脱走騒ぎのことか、と風汰はうなずいた。

「あのさ、逃げるのはこの小屋がボロだからだと思うよ。センセーに直してもらえばいいいんじゃん」

「だめ！　さみしいとしんじゃうんだもん」

「さみしくねーじゃん」

かほちゃんが驚いたように目を見開いた。

「わかんねーけどさぁ」

見てみ、と風汰は園庭を指さした。

「あいつとか、そいつとか、おまえとか、いんじゃん」

かほちゃんの頰が、ぽっと色づいた。

それからかほちゃんは、勢いよく風汰に抱きつき、風汰は背中から地面に倒れた。ぐにょっとした温かな土の感触が、腰のあたりからじんわり伝わってきた。

「わーお！　今日の泥んこチャンピオンは斗羽風汰君に決定！」

背中まで泥だらけになった風汰を見て、林田はおかしそうに笑った。


「どお？　サイズは合ってると思うけど」

更衣室の戸の向こうから、林田がいまにも入ってきそうな勢いで声をかける。

「ちょっ、ちょっと待って」

風汰は、鏡にうつった自分の姿に顔を引きつらせながら、あわててこたえた。

着替えを持っていないという風汰に、林田が予備のジャージを貸してくれた。

それはよかったけれど、どう見てもヘンなのだ。サイズがどうのという問題ではない。メンズものとレディースものでは、そもそもシルエットが違う。おまけにピンク。ひとつにしばった前髪が、ぴょこぴょこ動いて、悲しさを倍増させる。

「もう着替えたでしょ」

声と同時に、がらりと戸が開いた。

「……」

林田は数回瞬きをして、なにも言わず戸を閉めた。向こうから、かすかな笑い声が聞こえた。

だからやだったんだ……。

ピンクのジャージを着て廊下を歩いていると、事務室から園長が出てきてにっこりした。

「あら、似合ってるじゃない」

って、どんなセンスしてんだよ。

唇をとがらせながら「どーも」と言うと、「ちょっと斗羽君にお願いしたいことがあるの」と腕を引かれた。

事務室に入ると、園長は風汰を園長の机の前に座らせて、開いた牛乳パックの束をどんと置いた。

「プール開きに魚釣りをするんだけど、そのときの魚を作ってほしいの」

そう言って、園長は牛乳パックのひとつにタコの絵を描いて、切り取った。

「こんな風に、タイでもサメでもウニでもなんでもいいから。色もつけてね。切り取ったら端っこに磁石のS極をビニールテープでとめる。簡単でしょ」

棒の先に紐《ひも》をつけ、その先に磁石のN極をつけて釣り竿《ざお》にするのだという。

「手作り釣り堀？」

「そうそう」

絵は嫌いじゃない。

早速下書きなしで、太いマジックのペン先を牛乳パックにあてた。

風汰が作業している間、園長は事務室を出たり入ったり、パソコンになにかを打ちこんだり、電話に出たりと忙しそうだったけれど、風汰は絵を描くことに集中していた。途中で小さいクラスの子がのぞきに来て、風汰が描いたエビを「ざりがに」と言って喜んでいたのは少々気になったけれど、まあいいかと、ザリガニも追加した。

「うまいのねー」

気づくと、描いた絵を園長が手にして、「へー」とか「ほー」とか言っていた。

「そういえば、しおん君も絵が好きなのよ」

風汰は手を止めて顔を上げた。

「オレ、おとといしおん君に会った。夜に」

園長が首をひねる。

「大丈夫かなって思って。あ、よくわかんないっすけど」

手にしているマジックに、思わず力が入る。

「しおん君と、どこで？」

「……弁当屋の前。雨降ってて、なのに店ん中に入んないで」

「お母さんは、いたんでしょ？」

「いた。弁当屋の中に」

なに言ってんだろう。なにが気になっているんだ？　オレだって、ちっこい頃には家の外に出されたこともある。同じ団地のヤツだって、みんなしょっちゅう叱られてたし、長い定規《じょうぎ》でびしばしケツを叩かれていたヤツもいた。でもそのときは、こんな気持ちにはならなかった。不安になんか、ならなかった。

「斗羽君」

園長と目が合う。優しい目だ。ふっと、しおん君を見るあの母親の顔が脳裏をよぎった。しおん君を見るあの目。なにか汚いものを見るような、温度を感じない目をしていた。

なんでそんな目であいつのこと見るんだよ、それに、箸だって。

「わたしたちも気にしているから」

「えっ？」

「こういう話はすべきじゃないんだけどね」

「……」

「しおん君も、しおん君のお母さんも、苦しいと思うの」

「苦しい？」

「苦しいのよ、お母さんも。だから受けとめてあげなきゃ。そうすることが、しおん君のためになるから」

そんなの、しおん君のお母さんのことなんてカンケーねーじゃん。苦しいのはしおん君だ。母親なんかじゃない。あんな目でしおん君を見る母親のことなんて……。

「わたしたちはね、お母さんの代わりはできないけれど、お母さんができないことをほんの少し補《おぎな》うことはできると思っているの」

園長の言葉に、風汰ははっとした。

昼寝の時間、ここで園長はしおん君を膝にのせて絵本を読んでいた。昨日もおといもあたりまえに。たぶん、ずっとそうしているんだ。

昼寝をしたがらない子は、ほかにも何人もいる。けど、みんないやでも布団の上で横になっている。事務室で絵本を読んでもらっているのは、しおん君だけだ。

「VIPっすね」と笑った風汰に、あのとき園長は静かに言った。

「平等って全員に同じことをしてあげることじゃないと思うの。一人ひとり、その子にとって本当に必要なことをしてあげる。それでいいと思うのよ」

園長がなにを言っているのかわからなかったけれど、いま、風汰はほんの少しだけわかった気がした。

職場体験　四日目

いやだ、きつい、帰りたい！　と心の中で叫び続けた職場体験も四日目だ。土日を挟んで月曜日、あと一日で終わる。

いやだいやだと思うわりに、二日目からは時間が経つのが早かった。といっても別に楽しいからではない。単に忙しいのだ。それに、毎日なにかしら事件がある。

おとといは、二歳児クラスのたろう君が、熱を出した。朝から少し熱っぽかったけれど、どうしても仕事を休めないからと言って、母親は仕事に行った。その二時間後、太郎君は三十九度まで熱が上がって、母親の会社に連絡すると、「帰れない」と言って一方的に電話を切られた。

風汰は事務室で、工作あそびで使うための牛乳パックを開きながら、たら先生と母親との電話のやりとりを聞いていた。

結局そのあと、たら先生がたろう君を抱えて、近所の病院へ連れて行った。

昨日は一歳児クラスのはなちゃんのお父さんが、朝っぱらから保育園にのりこんできた。ものすごい剣幕で怒鳴り散らす若い父親の姿に、思わず風汰は林田の背中に隠れた。

お父さんによると、はなちゃんは同じクラスの子に引っかかれて、頬に傷ができたのだという。傷といっても、うっすらみみず腫《ば》れができている程度で、二、三日もすれば消えてしまうようなものだった。それでよくこれだけ興奮できるものだと風汰は半ば呆れ、半ば感心して見ていた。

「蚊に刺されたって苦情を言う保護者もいるからね」

林田は苦笑して、園長先生にまかせておけば大丈夫と平然としていた。その言葉通り、一時間半後、お父さんは「これからもよろしく」と言いながら、まるで別人のように機嫌良く帰っていった。

「すげー、園長マジ神！」

風汰が感心していると、林田は「だよね」と言いながら、紙芝居を一冊手にした。

「園長、なにしたんすか」

「べつに特別なことはしてないんだろうね」

「え？」

「はなちゃんのお父さんの話をずっと聞いてただけなんだと思う。園長はいつもそうだよ。それで、子どものことを心配して怒っていたお父さんを認めて、ほめる」

「ほめんの？」

「そっ、お父さんも全部はき出しちゃえば、ある程度落ち着くしね。保育中にけがをさせちゃったことは、一〇〇パーセント保育園の責任なんだよ。でもそのことはちゃんと昨日説明して、謝罪もしているわけだからさ。必要以上に謝ったりはしないの。そうやって現場のあたしたちを守ってくれてもいるんだよね」

めちゃかっこいーじゃん、園長。

風汰がまじめな顔をしてうなずいていると、林田がちらっと目を動かした。

「さっきあたしのうしろに隠れたでしょ」

そう言って、パチッと風汰にデコピンした。

「休憩入りまーす。斗羽君も一緒です」

林田が事務室に声をかけているのを聞いて、風汰はぎょっとした。

「え、オレいいよ」

リンダと一緒じゃ休憩になんない。

子どもたちの昼寝が始まると、保育士たちは更衣室兼休憩室で順番に休憩をとる。けれど風汰は今日まで連日、園長にお茶を入れてもらって、事務室で休憩をとっていた。

「いいから来なさい。今日は事務室にお客さんが来てるでしょ、きみがいたら邪魔なのよ」

「えーっ」

「えーじゃない」

連絡帳を抱えて更衣室兼休憩室へ入って行く林田のあとを、風汰はしぶしぶついていった。

八畳ほどの部屋の真ん中にある机の上に連絡帳を置くと、林田は振り返った。

「その辺に座って。お茶でもコーヒーでも好きに飲んでいいから。お菓子も適当にどうぞ」

「あざーっす」

部屋の隅にある食器棚の中には、マグカップと一緒にインスタントコーヒーやお茶っぱ、煎餅やクッキーといった菓子類がどしゃっと入っていた。

風汰は煎餅の袋をつかんで、「なんか飲みますか?」と、連絡帳を開いている林田に声をかけた。

「へー、気、遣えるんだ」

「べつに飲まないならいいんすけど」

風汰がむすっとすると、にやにやしながら「じゃあコーヒー」と言って、林田はまた連絡帳に視線を戻した。

エンジェル保育園では〇歳児から年長まで全員、個人の連絡帳というものがあり、担任は子ども一人ひとりの様子や出来事などを書いて保護者に手渡す。風汰も職場体験の記録を毎日書くようにと、学校からプリントを渡されているが、毎日三、四行書くだけでもうんざりしている。

「はい」

マグカップをテーブルの上に置くと、林田は「ありがとう」と連絡帳に視線を落としたまま手を伸ばして、それに口をつけた。一瞬、眉間にしわを寄せたように見えたけれど、とくになにも言わず、もう一度口に運んだ。

「そーいえばたろう君の迎え、おとどい何時だったんすか?」

煎餅の袋を開けながら、風汰が言った。

「んー、六時だったかな」

「六時!? あんなに熱があったのに」

「たろう君のお迎えはいつもは七時だから、お母さんとしては早く来てくれたんだと思うよ」

「おっせーよ」

「仕事だからね」

「なんか無責任じゃん。自分の子なのに」

バリッと音を立てて煎餅をかじると、林田が顔を上げた。

「つーか、保育園も悪いんすよ」

「なんで?」

「だって、なんでもかんでもやってやって、サービスしすぎっつーか。だから親が保育園をあてにしてさ。めーわくかけられてんの、あいつらじゃん」

煎餅のかすをこぼしながら言う風汰をじっと見て、林田は口角を上げた。

「サービスじゃないいんだよ。それにあたしたちはさ、お母さんのためじゃなくて、子どものためにしてるんだよ」

「そっすか?」

ふてくされているような風汰の様子を見て、林田は苦笑しながら手にしているボールペンをくるりと指の上で回した。

「例えばカレーを作ってて、うっかりルーを切らしてたって気づくことがあるじゃない」

「え、ある? カレー作ろうと思っててルーがないの?」

「あるの。しかもお化粧も落としちゃってて、もう買い物も行きたくないってとき。そういうときに限って、夫も帰りが遅くなるなんて言うわけよ」

「リンダ、結婚してんの?」

「してないよ。だから喩《たと》えだってば」

喩えがまぎらわしい。

風汰は顔をしかめて、背中を丸めた。

「で、帰りの遅い夫にね、カレーのルーを買ってきてって頼んで、帰って来るまでそれを待つか、それとも台所にあるものを使って、なんとか完成させるかってこと」

「へっ?」

「つまりさ、料理が得意じゃない人は、市販のルーを使ったほうが絶対においしいカレーができるの。でも帰りの遅い夫が買ってくるのを待っていたら、どう?」

「どうって」

「おなかがすくでしょ。それに遅くに食べたら太るじゃない。深夜に食べてそのまま寝ちゃうわけだから。でも適当に調味料を足して、なんとか味つけをするとか、予定変更して肉じゃがにしたら、九時には食べ終わってる」

「まあ、そっすよね」

「カレーとしての完成度は待ったほうがいいし、肉じゃがを食べたかったわけでもないけど、代替《だいたい》したほうがいいこともあるってこと」

林田は、一気に言って息を吸った。

「あたしたちはさ、子どもたちのそばにある調味料なの。言ってることわかる?」

「ぜんぜん」

「つまり、あーもういいや。とにかくあたしたちは、いつだって子どものためを第一に考えてるんだってこと」

そう言って書き終えた連絡帳を閉じて、次の連絡帳を手に取った。表紙に「せのおしおん」と書いてある。

しおん君のだ。今日、しおん君はちゃんと登園してきた。鼻水も咳《せき》も出ていないし、具合が悪そうでもなかった。

昨日三十八度の熱が出て、一日で完治するか？

弁当屋での、しおん君を見る母親の視線を思い出した。

なんであんな目で見るんだよ。昨日休んだのだって、本当は別の理由があるんじゃ……。って、そんなことを考えたってしょうがないけど。

風汰は、三つ目の煎餅を口に入れた。

休憩のあと、風汰は昼寝の片付けをして、おやつの準備をして、それから本棚の整理をまかされた。破れかけていたり、ページが抜けそうな本を選《え》り分けて、修理をするのだ。

三十分ほど本を開いたり閉じたりしていると、「あがっていいよ」の声がした。

その声に「ういっす」と答えて、修理が必要な絵本七冊を横に置いた。床にあぐらをかいて、残りの絵本を本棚に戻していると、しおん君がちょこんと隣にしゃがんだ。

目が合うと、しおん君はくすぐったいような顔をして、「ふうたくんすき」と笑った。


前髪のゴムをはずして、くしゃっとやりながら空を仰ぐ。とっくに梅雨入りしたはずなのに、真夏の入道雲みたいな雲がもこもこ浮かんでいる。風汰は歩道の脇にあるネコジャラシをぶちっと引き抜いた。

——ふうたくんすき。

なんでそんなこと言うんだよ、オレなんかに。

幼稚園の頃、風汰はめちゃくちゃお母さん子だった。「おかたんだいすき」と言うと、母親はいつだって、「お母さんも風汰のことだーいすき」と言った。それで頭をなでることもあれば、ほっぺをちょんとつつくこともあった。でも一番うれしかったのは、「おいで」と膝の上で抱っこして、ぎゅぎゅ～とされることだった。

そんな昔話されたら死にたくなるけど。

いたずらも悪さもしょっちゅうしていたけれど、どんなに怒られても、嫌われることなんてないってわかってた。

だからなんだってできた。

親ってみんなそうだと思ってた。

子どもって、みんなそうだと思ってた。

ううん、たぶん、ほとんどの親が、子どもがそうなんだ。

でも、あいつは……。

ごろんとソファーに横になっていると、ローテーブルの上でスマホが鳴った。
吉岡からのＬＩＮＥだった。
《祝・四日目終了！　ミスド集合！》
祝ってなんだよ、月曜もう一日あるじゃん。
風汰は笑いながら〈了解〉と返した。

「こっちこっち」

ドーナツ屋の奥の席で吉岡が手をぶんぶん振っている。隣のテーブルには、なぜか麻田《あさだ》と柏崎《かしわざき》といううるさ型の女子が座っていて、風汰に気づくと「風汰じゃん！」「おーい斗羽ー」と、やたらとキーの高い声を上げて笑った。

「でかい声で人の名前呼ぶなよ」

顔をしかめながら、コーラと一番シンプルなドーナツ一つをトレーにのせて行くと、吉岡は粉砂糖のついた指をなめて肩をすくめた。

「なんでこいつらがいるんだよ」

風汰が言うと、間髪《かんはつ》を容《い》れずに女子ふたりが返してきた。

「いーじゃん、ここあんたたち専用の店じゃないんだし」

「そーだよ、だいたいさ、あたしたちのほうが吉岡よか早く来てたんだし、ね」

「風汰に文句言われる筋合いないしー」

口で勝てるとは思えない。

あきらめて吉岡の前に座ると、吉岡は「ひさしぶり～」とのんきそうに言った。

「三日間会ってないだけじゃん」

と、返しながらも、たしかにやけに懐《なつ》かしい気がした。

「で、どーよ」

「どーよってなにが」

コーラにストローを入れるとぷちぷちっと泡がおどる。

「職場体験」

「あ、うん」

いつものだらっとした会話をしていると、麻田がこちらのテーブルにからだを向けた。その拍子にドーナツにコーティングしてあるチョコレートのかけらがスカートの上に落ちた。

「斗羽と吉岡ってどこ行ってんの？」

いきなり会話に入ってくんなよ。

「オレはモ」

素直に応えようとした吉岡の言葉を遮《さえぎ》って、麻田が話し出した。

「あたしたちはね、ペットショップ。お掃除とか結構大変だけどかわいいんだよねー」

「うん。あたしたちの仕事は、ペット用品の整理とかばっかりだけど、仕事ないときは子犬とか子猫とかずーっと見てられるし」

「いいよねー、ちょっと臭いけどね」

「でも慣れた」

「わかるー」

女子二人の会話は、完璧に風汰と吉岡を置き去りにして続いていく。

「な、あっちの席行こうぜ」

と、腰を上げかけた風汰の動きが止まった。

「いまなんて言った？」

中腰のまま柏崎を見ると、柏崎と麻田が顔を見合わせた。

「えっ？」

「いま、言っただろ、犬がどうって」

「ああ、うん、あたし犬が好きって」

「じゃなくて、そのあと」

「犬を飼いたいって？」

「そっ！　それ！　いるんだけど、子犬」

「はっ？」

風汰は胸をぐいと張った。

「だから、子犬やるよ、柏崎に」

柏崎はきょとんとした顔をして、風汰を見た。

「そんなにむくれんなよ」

吉岡はストローに口をつけて、ずずっと音を立ててジンジャーエールを飲んだ。

「てか、おかしいだろ、トイプードルかティーカップヌードルじゃなきゃやだって」

「ティーカッププードルな。カップ麺《めん》じゃないんだからさ」

吉岡は訂正しながら苦笑した。

数分前、小屋で世話をしている子犬の話をすると、柏崎は顔を真っ赤にして怒り出した。最初、風汰には柏崎がなにを怒っているのか理解できずにいたけれど、

「誰かが捨てた犬をなんであたしが飼わなきゃいけないの！　それにどうせ雑種でしょ！」という一言ですっと血の気が引いた。

「おまえになんか頼んだってやんねーよ、バーカ！　ブス！」

店内に響き渡る声で怒鳴ると、柏崎は泣き出し、麻田はそれをなぐさめながら、

「斗羽サイテー」と言って店を出ていった。

「あんなやつにもらわれたら、チビがかわいそうだ。なにが、あたし犬が好き、だよ。ふざけんなよなっ」

腹立ちがおさまらずにぶつぶつ言っていると、吉岡は「まあまあ」と言いながらドーナツを半分ちぎって風汰の前に置いた。

「そんなもんだってー。ニンゲンってさ、基本、勝手な生きもんだし」

「えっ？」

「だってさ、かわいいとか欲しいとか言って、高《た》っかい金出して買って、いらなくなったらポイしちゃうわけじゃん」

「そんなの」

「オレだってそーゆーのやだけど、しょうがねーじゃん。オレらにできることなんてないわけだし。つーか、名前つけちゃったわけ？」

「名前？」

「いま、チビって言ってたけど」

「名前じゃねーし。ただ犬って呼ぶのもあれだから、チビって呼んでるだけだし」

「それさ、名前つけたってことなんじゃないの？」

「べつにオレは」

「あーもうやめやめ、なんでこんなじめっとした話になってんだよ。それよかどんな感じよ？」

「どんなって？」

「だから、職場体験」

「ああ、うん。吉岡は？」

「マジやべー」

吉岡は大げさにため息をついた。

「なんだよ、おまえんとこって、高校生とか大学生のバイトのおねーさんたくさんいるんだろ。ＬＩＮＥとか交換した？」

ぶんと吉岡が頭を振った。

「わかった、中坊だからって相手にされなかったんだろ」

風汰が笑うと吉岡はテーブルに両肘をついて、ちっちっちっちと人さし指を顔の前で振った。

「いねーし、だいたい」

「はっ？」

「だから高校生とか大学生なんていねーの」

「いるじゃん、いつも何人も」

「だろ、そこが甘いんだよぉ。ちょっと考えればわかったたんだよなー。午前中から三時って、学校あるじゃん」

「あっ」

「だろ。午前中なんてパートのおばちゃんばっかでさ。おばちゃんがあの制服着てんの見るだけでも萎《な》えるのによぉ。めちゃくちゃ声でけえし、すげーしゃべるしさ」

「やばいな」

「だろ、午前中のファストフードはマジやべえよ」

「でも、ハンバーガーとかはタダ食いできんだろ？」

吉岡はチョコレートのかかったドーナツをかじりながら、ふるふると首を振った。

「ぜっんぜん。飲みもんはもらったけど。あ、でも、月曜はハンバーガー作らせてもらえんだ」

「そんなの売れんのかよ」

「ばーか、食うんだよ。自分で作って、自分で食うの」

よかった。安心した。『ｍｏｕｍｏｕバーガー』ちゃんとしてんじゃん。

吉岡みたいな素人《しろうと》が作ったハンバーガーなんてゼッタイ食いたくない。

「オレ、完璧、あっくん先輩にだまされた。マジでいろいろ食えると思ってたのにさぁ」

「思わねーよ、ふつう。そんなことあるわけないじゃん」

「だよな〜。でもさ」

吉岡は、にやっとして声のトーンを下げた。

「これって、デントーらしいんだ」

「デントー？　どんな伝統だよ」

風汰が笑うと、吉岡は親指で上唇を軽くこすった。

「一年にさ、ただ食いできるんだぜって言うんだよ。なっ、ぜってーやりたいって思うだろ。風汰、バラすなよ」

「言わねーよ。つーか、そんなんでやりたいって思うやつ、おまえくらいだって」

吉岡は、ふふーんと不敵な笑みを浮かべて鼻を鳴らした。

「で、風汰のほうはどーよ。なんか食わしてもらった？」

「なんで食いモンの話になるわけ？　まあ、おやつは、食えるけど」

「マジか！　なに、保育園ってどんなおやつ出んの？」

「今日は、かぼちゃようかん」

「食ったことねー。どこで売ってんの？」

「売ってないだろ。手作りだし」

「ほかは？　昨日はなんだった？」

「昨日？　なんだったっけ、あ、マカロニあべかわ」

「マカロニ？」

「ヘンだろ、うまかったけどさ。マカロニにきなこがまぶしてあって、あべかわ餅風の」

「うわーっ、ミスった！　オレも保育園にすればよかった」

「はっ？」

「だってチビとあそんで手作りおやつ食えんだろ、サイコーじゃん」

サイコー？　あそんでおやつ食って、って……、そんなわけないだろう。

「オレ、しょーらい保育士になろっかなー」

ふざけんなよな……。

吉岡の言葉にいらついた。不快で、腹が立って。って、なにいらついて、マジになってんだよ。そんなもんだろ。オレなんかもっとひでえじゃん。テキトーにチビっこの相手していればいいんだろうって、ラクそうだからって決めたんじゃん、体験先。

だけど……。

「なめんなよ」

ぼそりと言って風汰はドーナツをかじった。

ちゃぽん

バスソルト入りの青いお湯の中にからだを沈める。イチ、ニ、サン、シ……キュウ、ジュウで、風汰はざばっと立ち上がりシャワーのハンドルをひねる。

長湯は苦手だ。汗を流すために風呂に入ってるのに、その風呂でまた汗をかくなんてバカみたいだ。

勢いよくはき出されるお湯で髪を濡らし、しゅこっとシャンプーを手のひらにプッシュしたとき、玄関からチャイムの音が聞こえた。母の茜が「はーい」と言いながら、スリッパの音をさせて洗面所の前を通っていく。

泡を飛ばしながら頭をごしごししていると、勢いよく浴室のドアが開いた。

「勝手に開けんなよぉ」

茜は何度言っても、平気で開ける。そのたびに風汰は文句を言うが、聞いていないのか、聞く気がないのか一向に改善される気配はない。

「あっらぁ～、ごめんなさぁ～い」

へ？　誰？　キモい声。

ぎょっとして泡の下から片目を開ける。

「うわっ、まーくんセンパイ！」

風汰は浴槽に飛びこんだ。

「あーあ、流さないと泡入っちゃうよ」

って無理だろ。無防備すぎるじゃん。

「な、なに？　風呂までなんなの？」

「風汰、風呂出たらヒマだろ。明日休みだし」

まーくんセンパイは湯気の向こうで笑顔で言うと、洗面所からキッチンのほうに顔を出した。

「おばさーん、風汰あとでちょっと借りまーす」

向こうから、「はーい」とのんきそうな声が聞こえる。

「じゃ、向こうで待ってるから」と、背中を向けてから、もう一度ひょいと顔を出した。

「風汰、毛、生えてきた?」

「……」

あーやだ。マジでやだ。ホントにやだ。

風汰はざぽっと鼻の先まで湯の中にもぐった。


風呂から出ると、まーくんセンパイにせっつかれながらコロッケ三つとキャベツの千切り、それからご飯とみそ汁をかきこんだ。ご飯のおかわりをしたいとこだったけれど、食卓にのっているコロッケやたくあんをつまみ食いしながら、「まだー」と、しつこいまーくんセンパイに負けて、おかわりはあきらめた。

「ねー、どこ行くの?」

団地の階段を下りたところで風汰が言うと、まーくんセンパイは「ん?」と、首をひねった。

「どこって言われてもなぁ。行き先わかってたら苦労しないんだけど」

「ちょっと待ってよ」

シャツを引っぱると、まーくんセンパイは前髪に手をやった。

「日吉《ひよし》のじいさん、知ってるだろ」

「日吉？　じいさん？」

あまりに想定外な言葉に風汰が戸惑っていると、まーくんセンパイは右の四階建ての建物を指さした。

「D棟の一階。アロエの植木鉢がいっぱいあるとこ」

ああ、それなら。と、うなずく。

「日吉のじいさん、いなくなっちゃったんだって」

「で？」

「でって、だから捜すんだろ。でも十八歳未満は単独で行動しちゃダメって言うから」

「ちょっと待った。だからなんで？　どうして？　なんでまーくんセンパイが捜すの？」

「だってオレ、認知症見守り隊だもん」

見守り隊……、なんなんだ、それ。

スーパー戦隊もののヒーローが怪人に向かってポーズをとっている姿が、風汰の頭の中にちかちか浮かんだ。

「職場体験で『いこいの里』に行ったとき、見守り隊のメンバーに登録したって言わなかったっけ」

「だから見守り隊ってなに？」

「認知症の人って一人で出かけて、帰れなくなっちゃうことがけっこうあんだって。そーゆうときに、一緒に捜したり、日頃見かけたときは声をかけたりすんの」

そう言って、まーくんセンパイは風汰をじっと見た。

「べつに変身とかするわけじゃないよ」

「わ、わかってるよ」

まーくんセンパイは、くくっと笑って歩き出した。

団地から公園を抜けて、県道のほうへ向かう。

「日吉のじいさんから、県道を南に行った町に娘夫婦が住んでるって聞いたことがあるんだ」

「ならそこだよ、きっと。娘さんちに電話してみれば？」

「うーん、でもそれはないんだよなぁ」

「なんで？」

「だって娘さんち引っ越したもん。認知症ってさ、そーいうことも忘れちゃうんだよな」

「そっか……」

風汰がしんみりすると、まーくんセンパイは「なんで暗くなんの」とケロリと言う。

「なんでって、引っ越しちゃったんでしょ。じいさんかわいそうじゃん」

「かわいそくないよ、娘さん、日吉のじいさんちに越してきたんだから」

「……」

それを先に言えって。まーくんセンパイの話は、ときどきややこしい。

県道に出ると、東のほうに足を向けた。

「日吉のじいさん、この間いなくなったとき、この先の園芸店に行こうとして、駅前で見つかったんだって」

「なんで？　駅前ってぜんぜん方向違うじゃん」

「迷ったんだろうな、でも今回は迷わないでこっちに来てるかもしんないだろ」

「裏の裏をかく、みたいな？」

風汰が言うと、まーくんセンパイは「まあね」と肩を上げた。

「ここらへん、うろうろしてたら危ないからさ。見守り隊の人が車でも捜してると思うけど、車道から歩道って見えにくいだろ」

県道は一日中、交通量が多いけれど、歩道は昼間と夜との落差が激しい。スーパーや学校があって、日中はそれなりに歩行者がいるけれど、夜はぱたりと減るのだ。信号も、街灯も、車のライトも、マンションの明かりも見えるのに、ガードレールの内側は幕を下ろしたように薄暗く感じる。

風汰は、隣を歩いているまーくんセンパイをちらと見た。

「ん？」

「ううん、見つかるといいなと思って」

「見つかるよ、みんなで捜してんだから」

「うん……」

「なに？　心配してんの？」

「そ、そうじゃなくて、まーくんセンパイって、優しいなって思って」

まーくんセンパイは足を止めて、にやっとした。

「笑うなよぉ」

「だって風汰まじめな顔して言うから」

そう言ってこぶしを口元にあて、声を立てて笑った。

「んだよ」

風汰がムッとしているのに気づいて、まーくんセンパイはごめんごめんと笑いをかみ殺した。

「つーかオレ、昔から優しいじゃん」

それはたしかにそうだけど、と風汰は横目でまーくんセンパイを見た。

「でも、他人のことじゃん」

「オレのひいばあちゃんも、よく行方不明になっちゃったんだ」

「えっ？」

まーくんセンパイは大きく深呼吸して、ゆっくり歩き出した。

「小学校の頃だけど、夏休みになると一週間くらいばあちゃんちに泊まりに行っててさ。でも四年の夏は、都合が悪いからって泊まりに行くの断られたんだ。あとで気づいたんだけど、あの頃からひいばあちゃんのボケが始まってて、ばあちゃんオレどころじゃなかったんだよな。それに、オレにそーゆうひいばあちゃんの姿を見せたくなかったってのもあったかもしんない」

風汰はなにも言わずにうなずいた。

「徘徊《はいかい》も始まって、でも家族のことだからって、ばあちゃん、誰にも頼らなかったんだよな。で、洗濯をしている間にひいばあちゃん、どこか行っちゃってさ。ばあちゃん、半日捜し回ったんだけど見つかんなくて、交番に行ったら、何時間か前に交通事故にあって病院に運ばれたってわかったんだって」

「ひいおばあちゃんは」

「うん、そのときは助かったんだけど、結局事故で寝たきりになって、オレが六年のときに死んじゃった」

「……」

「ばあちゃんも責任感じちゃったんだろうな。しばらく寝こんじゃってさ。ああ、いまは元気になったけど」

「よかった」

「うん。で、ばあちゃん言うんだ、誰かに助けてもらえばよかったって。ひいばあちゃんのこと近所の人にちゃんと話して、みんなに気にかけてもらってたら事故にあわずにすんだんじゃないかって」

サイレンを鳴らしたパトカーが、通り過ぎていった。

「ひとりとか、家族だけじゃムリなことはさ、誰かに頼ればいいんだって、ばあちゃん言ってた。助けてくれる人は、思ってるよりいっぱいいるんだって。あ、ちょっとタンマ」

まーくんセンパイは、ジーンズのポケットからスマホを出して画面に指を滑らせると、「おっ」と唇を動かした。

「日吉のじいさん捕獲《ほかく》！」

そう言って、「無事だったって」とスマホを風汰に向けた。

「よかったね――っていうかさ、捕獲なんて言っていいのかよぉ」

まーくんセンパイは「まあまあ」と、いたずらそうな顔をして肩をすくめた。

「今回もオレ、活躍ゼロだったなぁ」

だねっ、と笑うとまーくんセンパイは風汰の腹をつついた。

「よし、アイスおごってやる」

「やった！　ハーゲンダッツにしよ」

「だーめ、ガリガリ君」

走り出したまーくんセンパイの背中を追いかけて、風汰も駆け出した。夜風がさわさわと街路樹の葉を揺らした。

コンビニで買ったアイスをかじりながら、たらたらと家路へ向かう。

「汗ひいたー」

「だろ、あっちいときはガリガリ君に限るんだって」

「だね」

腹の中からしゅわーっと冷えて、肌にまといつく生ぬるい空気も気持ちいい。県道から住宅街に入ると、とたんに静かになった。食べ終えたアイスの棒をふたりして住宅の前に並んでいる植木鉢にさしこんだ。

小さな墓みたいだ。風汰がふとそんなことを連想していると、まーくんセンパイが口を開いた。

「そういえば、この先のアパートに幽霊出るんだって」

まーくんセンパイは、ぞくりとすることを平気な顔で言う。風汰はそういうたぐいの話が苦手だ。

「ほらあそこ」と、指さした先に、二階建ての古いアパートが立っている。気のせいかアパートの前の街灯だけ薄暗い気がする。

「ずいぶん前から取り壊しになるって言われてんのに、なかなか進まないらしいよ」

「な、なんで」

ん？　と、まーくんセンパイは風汰を見た。

「解体業者が作業しようとすると、重機が故障したり、作業に来た人が急病になったりすんだって」

「う、うわさでしょ」

「いや、オレの友だちの友だちが」

「ってか、やめようよ、そーゆーの」

「なんで？」

「オレ、うわさ話嫌いだし、だいたいそんなの全部作り話で」

風汰が言うと、まーくんセンパイは、意味ありげににやりとした。

「わかった、認める、怖いからやめてください」

風汰が言うと、まーくんセンパイは、よしよしと肩を叩きながらふっと視線を止めた。

「あれ、なんだろ」

「だからそういうのヤダって」

「違うよ、ほら、あそこ」

ざざ、ざざざー
風が吹いた。

生ぬるい湿度を持った風が木の葉を揺らしていく。風汰は顔を伏せ、腕で顔をおおった。

からん、からんと、空き缶が転がる音にまじって、かすかに歌声が聞こえた。子どもの声？　目を細めると、アパートの隣の四階建てのマンションの前で、なにかが動いた。街灯がじじじ、じじっと不気味に点滅している。

ぞくりとする。

隣でまーくんセンパイの、喉が鳴った。

こ、怖い、怖い、怖すぎる！

思わず、まーくんセンパイにしがみついた。

「うわっ、くっつくなよ。あちいって」

「だってあれ」

「幽霊じゃないよ、あれ子どもじゃん。足あんだろ」

「そ、そーゆう幽霊だっているかもしんないじゃん。だって十時だよ、なんで子どもが一人でいんの？　ないない、ありえねーし」

風汰が口早にまくしたてると、まーくんセンパイは立ち止まった。背後から車が来る。ヘッドライトの明かりに、子どもの姿が数秒、くっきりと浮かび上がった。

「確かめる」

そう言って一歩足を踏み出して、風汰を見た。

「……おまえ、重いんだけど」

まーくんセンパイは、しがみつく風汰を見てあきれたように言った。

「オレも行く。行きたくないけど」

「あっそ」

まーくんセンパイに引きずられるようにマンションに近づくと、歌声がやんだ。かわりに今度は、たんっ、たたんっと、小さな靴音がした。風汰は、まーくんセンパイの背中からそっと顔をのぞかせた。

小さな子がマンションの入口につながる三段の階段を、上っては飛び降り、また上っては飛び降りていた。

あっ、思わず、息を呑んだ。

「しおん君」

風汰の口から、名前がこぼれる。

たんっ、と地面に両足をついた子どもが、顔を上げた。

やっぱり。

しおん君はびくんと一瞬からだを強張らせて、次の瞬間、にらみつけるような視線を向けた。小動物が毛を逆立てて威嚇《いかく》するように、誰も近づけず、寄せつけようとしない。鋭い目をしたまま、マンションの中へ駆けこんでいった。

「知ってる子?」

「……保育園の」

けど、保育園にいるときのしおん君とはぜんぜん違う。まるで、別人みたいだった。

まーくんセンパイはそれ以上なにも言わず、風汰の背中に手をあて、「帰ろう」とだけ言った。


翌朝、十時に目が覚めた。十時は休みの日に起きる時間じゃない。もう一度目をつぶってみたけれど、一分も経たないうちに起き上がった。

「あっちーい」

汗ばんだTシャツをバフバフさせながら窓を開けると、もわんとした重たい空気に包まれる。

よけい暑い。

蒸すような暑さのせいか、昨日なかなか寝つけなかったせいか、頭が重い。

二度寝はあきらめてリビングへ行くと、母の茜が濃いグレーのパンツに白いシャツという仕事に行く格好で腕に時計を巻いていた。

「仕事？」

「そう。駅前の本屋さん、今日リニューアルオープンだからその取材。帰りは遅くならないから。あ、オムレツとサラダ冷蔵庫に入れてあるから、パン焼いて食べるのよ」

「んー」

「じゃあ行ってくるね」

茜は一気に言うと、イスの上に置いてあった大ぶりのカバンをつかみ、リビングのドアを開けて「そういえば」と振り返った。

「昨日、堀内《ほりうち》さんに『明日までだって息子に伝えとけ』って言われたけど」

堀内……ってああ、C棟のうっせーじじいか。約束の五日間は今日までだ。

「なにかあったの？　堀内さんに聞いても無視されちゃうし」

「しんねー」

母親に説明するのは面倒くさい。

首をひねって冷蔵庫を開ける風汰を見て、茜は肩をすくめた。

「じゃあ行ってくるからね」

「うーん」

冷蔵庫をのぞきこんでいると、玄関のドアが閉まる音がした。

風汰は部屋に戻って、ベッドの下からドッグフードを取り出した。

やばいやばい、チビ、腹空《す》かしてるよな。

いつもより二時間以上遅い。

ドッグフードを持ってあわてて駐輪場へ下りていった。と、風汰は小屋の前で足を止めた。

なんか、いつもと違う。

なにが？　と考えて、静かすぎるのだと気がついた。いつもなら風汰の足音が聞こえると、チビは短いしっぽをぱたぱた振りながら小屋から出てきて、キャンキャン鳴き声を上げるのに、今日は出てこない。

「チビ」

隙間の開いた戸に手をかけて、唾《つば》を飲んだ。

クゥン　クゥン

小さく聞こえた声に戸を開けると、チビは小屋の隅で力なく足を投げ出して、床に顔をつけている。

「チビ⁉」

抱き上げると、舌を出して腕の中でぐたっとした。

どうしてだよ、なんで？　なんでこんなになっちゃうんだよ。昨日の夕方は元気だったのに、なんで。

風汰は、子犬を抱きかかえたまま小屋を飛び出した。公園を抜けて、駅のほうへと走る。

あんなところに、小屋なんかにこいつを隠したせいだ。

オレが拾ったりしなかったら、早く飼い主を見つけてやれていたら、もっとちゃんと面倒見てやっていたら……。

気ばかり急《せ》いて、思うように足が動かない。息が苦しい。腕の中にいるチビのからだがやけに軽く感じられて胸が締めつけられる。

いやだ、死んじゃやだ、いやだ！

住宅街から一方通行のバス通りに出て駅前商店街に向かった。その商店街の一本手前の道を入って行くと動物病院があったはずだ。

なのに……。

「マジかよ」

『西脇《にしわき》アニマルクリニック』と書かれているドアに、『休診』の札が下がっていた。

立ち止まったとたん、額から汗が噴き出し、首筋を汗が流れた。シャツが背中に張りつく。

息を切らして、病院の前で立ちつくしていると、「風汰ー？」とアニメ声が聞こえた。

いま会いたくないランキングで、ぶっちぎりでトップのやつだ。

「柏崎」

風汰はぎこちなく口の端を上げた。

「どうしたの？　あ、子犬」

柏崎は、風汰の腕の中にいる子犬をのぞきこんだ。

「やだ、ぐったりしてるじゃん」

「だからここに連れてきたんだろ」

「この子って、昨日、風汰が言ってた子犬？」

「だったらなんだよ」

「べつにー」

「ラッキーだったな、引き取るって言わなくて」

風汰が言うと、柏崎はあごを上げた。

「どういうことよ！　あたしはただ心配してるだけじゃん」

さっきまで、昨日のことを忘れているのかと思うほど気軽に話しかけてきた柏崎の声が変わった。

「心配って、なにいい人ぶってんだよ。おまえ、捨て犬はやだって。捨て犬で病気の犬なんて」

「ばっかじゃないの！　それとこれとは関係ないじゃん。あたしは飼いたい犬がいるの。ずっと飼いたいって思ってた犬なの。あこがれてるの！　だからほかの犬じゃダメ。そういうのダメなの？　いけないことなの!?　だけどあたしが飼いたいっていうのと、これは話が別じゃん。目の前で具合の悪そうな犬がいたら心配するに決まってるでしょ！　いい人ぶったりなんてしてないし、だいたい風汰にいいかっこう見せたって、なんの得にもなんないもん」

アニメ声で一気にまくしたてる柏崎の迫力に圧倒されながら、言ってることは間違ってないかも、と妙に納得した。

「こっち」

「へっ？」

「獣医師さん探してるんじゃないの？」

「ああ、うん」

柏崎はくるりと向きを変えて、バス通りのほうへ歩き出した。そのあとを風汰はあわてて追いかけた。

十分ほど歩いて交差点を右へ曲がると踏切にぶつかり、それを越えていくと道路際にペットショップがあった。

「ここ、あたしたちがいま職場体験に来てるお店」

風汰が小さくうなずくと、そのまま店の前を通り越して裏へまわった。そこにもう一つドアがあった。ガラス戸に、『のあ動物病院』と書いてある。

「ん」

柏崎が人さし指をドアに向けた。

「ペットショップのオーナーの弟さんがやってるの。いい先生だから、里親のことも相談してみたら」

そう言って、風汰の腕の中でぐったりしている子犬に視線を落として「元気になるんだよ」とつぶやくと、柏崎は踵《きびす》を返した。

「サ、サンキュ」


「低血糖症だね」

不精髭《ぶしょうひげ》を生やした若い獣医師は、そう言って難しい顔をした。

「子犬は臓器が未発達だから、栄養がうまく摂れないと低血糖症を起こしちゃうことがあるんだよ。エサはどれくらいの間隔であげてたの？」

「このくらいかな」

両手を近づけたり離したりしている風汰を見て、獣医師はくっと笑った。

「ごめん、距離じゃなくて、時間。時間の間隔」

「あ、そっちっすか。えっと、朝学校に行く前と、夕方帰ってきてすぐ」

「それは時間空きすぎだな」

「今日はもっと……。オレ寝ぼうしちゃって、駐輪場へ行ったのは」

「駐輪場？　きみんちで飼ってるんじゃないの？」

「オレが拾って。飼ってくれる人探してんですけど、まだ見つからなくて」

獣医師はそうかーと息をつきながら、子犬を抱き上げた。

「それならうちで預かろうか。里親もそのほうが見つけやすいだろうし」

獣医師は待合室に出ると、窓に立てかけてあるボードを裏返した。

里親募集の文字の下に、犬の写真が五枚貼ってある。子犬は一枚で、成犬が四枚。写真の下になにか書いてある。

「六歳メス　体重・八キロ　散歩・朝夕二回（一回三十分程度）　ひとなつこく、おとなしい性格です」

隣の犬のところには、「軽度の椎間板《ついかんばん》ヘルニア。立ち上がるときに時間がかかることがあります」と、病気についてまで書いてある。

風汰がそれを見ていると、獣医師はチビを抱いたまま待合室のソファーに腰かけた。

「里親にはできるだけ正確にその犬のことを伝えて、いい面もそうじゃない点も理解してもらう。で、家族として迎えてくれるかを考えてもらうんだ。引き取ったあとでこんなはずじゃなかったっていうのは、お互いに幸せじゃないからね」

「病気の犬でも飼ってくれる人っているんですか」

「なかなか難しいけど、一〇〇パーセント無理っていうわけじゃない。これまでも引き取ってくれた人はいるよ。重症な子になると難しいけどね。でもこの子ならすぐに元気になるし、飼い主も見つかると思うよ」

「ホントに?」

「ああ、これと同じものを、表のペットショップにも置かせてもらってるんだ」

「ペットショップに?」

「そうだよ、犬を捨てる人間もいるけど、守ろうとする人間も少なくないんだよ。きみもそうだろ」

オレは……。

風汰は獣医師の膝の上にいるチビに視線を落とした。

パンツのポケットに手を入れて、風汰はバス通りを歩いた。診察料は三二八〇円。風汰には痛い出費だったけれど、このあとの治療費は免除してくれることになった。なにより里親が見つかるまで預かってもらえるということに、ホッとしたような、さみしいような、でもやっぱり肩の荷がおりたような、そんな気持ちがぐるぐるしている。

あそこならきっと、チビを飼ってくれる人を見つけてくれる。チビは幸せになれる。

そのことに一ミリだって不安はないし、疑ってもいない。そもそもあの小屋には、もう置いてもらえないし……。

──守ろうとする人間も少なくないんだよ。きみもそうだろ。

違う。そんなんじゃない。守るなんて考えてたわけじゃない。ただ段ボール箱の中に置いていけなかっただけだ。できもしないのに、犬のことなんてなんにもわかってないのに、自分で飼うことだってできもしないのに、無責任に連れてきただけだ。それで病気にまでして。

結局、チビのためにしてやれたことなんて、なんにもなかった。

家に戻ると、大きめのグラスに牛乳をとぽとぽ注いで、喉に流しこんだ。

──おひげだ！

──おひげ、おひげ。

ふと、おやつの時間に互いの顔を指さして笑い合う、きりん組の子どもたちを思い出した。牛乳ひとつで大騒ぎだ。しおん君も、鼻の下に白いあとをつけて笑っていた。

口元をぬぐって、息をついた。

あいつのことだって……。

マンションの前にいたしおん君の背中が脳裏《のうり》をかすめる。小さなからだを棘《とげ》だらけにして、誰も寄せつけない。手を伸ばされることも声をかけられることも、近づかれることもぜんぶ拒んでいた。

昨日の晩から、何度も何度も同じことを考えていた。

あれ、本当にあいつだったのかな……。

「ふうたくん」と言いながら、ジャージをそっと握って、まぶしそうに風汰を見上げて笑うしおん君を思い出して、息が浅くなる。

小さくかぶりを振って、白くあとのついたグラスを流しに置いた。

どうでもいいじゃん。オレにはカンケーねーし。

たまたま職場体験で五日間、保育園に行くだけ。それもあと一日、月曜で終わりだ。子どもなんてすぐ泣くし、調子にのってふざけるし、うるさくて、面倒なだけで……。

風汰は頭をガシガシこすって、ふっ、と前髪に息を吹きかけた。

「メシ食おう」

腹が減ってるからこんなことばっかり考えちゃうんだ。

いつだったか誰かが、胃袋と心は連動するんだって言ってたことを思い出して冷蔵庫を開けた。

オムレツとサラダ、食パン三枚を腹におさめると、本当に気持ちが落ち着いた。チビのことも、なんやかや言っても、あの獣医師につなげたのは自分のお手柄だったような気すらしてきた。

ソファーに横になって、ローテーブルの上にあるテレビのリモコンを押すと、液晶画面に通販番組が映し出された。チャンネルをかえる。おもしろそうなもんやってないな、と、もう一度リモコンのボタンを押したところで手が止まった。

司会をしているタレントがまじめな顔でうなずいている。その右端に出ているテロップに心臓がどくんとした。

『虐待の疑いで母親逮捕
相次ぐ虐待死はなぜ防げない』

思わず起き上がった。

コメンテーターたちが難しい顔をしてなにかしゃべっている。

どくどくどく、鼓動が速くなる。

警察に連行される若い母親の姿が映されている横に、笑顔の女の子の写真が小さく映っている。その笑顔がしおん君と重なった。


気がつくと家を飛び出していた。

むんとした空気に包まれる。団地の階段を駆け下りて、緑ばかりが目立つ人気《ひとけ》のない公園を突っ切って路地に出ると、アスファルトから重たい風が立ち上ってくる。このあたりは住宅街で、目印になるような建物や店がない。似たような家の間に、古い大きな家やアパートがぽつんぽつんと立ち並んでいるだけでわかりにくい。しかも夜と昼では印象が違う。

どこだったっけ、あいつんち……。

手の甲であごの下の汗をぬぐい、県道のほうへ駆け出した。

住宅街をぐるぐる回っているより、少し遠回りになっても昨日と同じルートを行くほうが確実だ。たしかコンビニの少し手前の道を入って、数分のところに……。

と、背中から大きなクラクションが鳴った。

「うわっ」

ブロック塀にからだを寄せると、風汰のすぐ脇を引っ越し屋のトラックがすり抜けていった。

立ち止まったとたん、驚くほど息が上がっていることに気づいた。肩を上下させながら膝に手をあてると、地面にぽたぽたと汗が落ちて、アスファルトに黒い染みをつけた。

真夏のような日差しが、容赦なく照りつけて首の後ろがじりじりと熱くなる。大きく息をはいて、からだを起こした。

「あ」

トラックが曲がった先に、四階建ての灰色がかった建物が見えた。

マンションの前まで行くと、風汰はしばらくエントランスの周りをうろうろして、それから入口の前にある階段に腰を下ろした。座ったまま振り返ると、昼間なのにエントランスの電気がつけっぱなしになっている。団地でもときどき朝になっても廊下や階段に電気がついているときがある。ついたり消えたりするのは、タイマーなのか明るさセンサーなのかはわからないけれど、ときどき誤作動を起こすのだ。それでも、学校から帰ってくるときまでつけっぱなしになっていることはない。誰かが、ちゃんと手動で電気を消す。団地には、おせっかいな人が多いから。

小学生の頃、六時を過ぎて公園であそんでいると、団地住民のじいさんやばあさんが出てきて、早く帰れとよく言われた。ここには、そういうじいさんもばあさんもいないのかな。

「風汰？」

ふいに名前を呼ばれて顔を上げると、自転車が止まっていた。

「なにやってんの」

「まーくんセンパイ」

思わず立ち上がると、まーくんセンパイは、まぶしそうに目を細めながら、風汰とマンションを交互に見て笑った。

「風汰って、案外おせっかいだよね」

「じいさんたちと同じにすんなよぉ」

「じいさん？　え、なんで？」

「べつに」

風汰がすねたように口を尖らせると、まーくんセンパイは、声を出さずに笑った。

「おまえ、昨日の子のこと気になって来たんだろ」

「……まーくんセンパイこそなんでここにいんの？」

「オレはバイトの帰り。で、なんでそんなとこに座ってんの？　気になんならその子んち行ってみればいいじゃん」

「だって」

「ん？」

「部屋番号、知んないし」

「マジ？」

「マジ」

マジかぁーとうめいて、まーくんセンパイは自転車のハンドルに顔を埋《うず》めた。

「べつに部屋番号わかんなくたっていいし。ここで待ってれば、そのうち出てくるじゃん」

そう言って、どかっとマンションの階段に腰かけると、まーくんセンパイは風汰を見た。

「なら聞けばいいんじゃね？　保育園のセンセーならあの子んちの部屋番号知ってんじゃゃん」

「あっ」

のれよ、とあごをしゃくるまーくんセンパイのうしろに回り、自転車のハブステップに足をのせた。「いくぞ」の声と同時に、自転車が動き出すと、ぬるい風が風汰のシャツを大きく膨らませた。


エンジェル保育園の前でまーくんセンパイが自転車を止めると、風汰はぴょんと飛び降りた。午後三時。いつもならお昼寝が終わって、騒がしくなる時間だけれど、今日はやたらと静かだ。門の外から目を凝らしていると、「休みなんじゃね？」と、まーくんセンパイは自転車に座ったまま言った。

「だってリンダ、今日は当番だって言ってたし」

もう一度中をのぞきこんだとき、ふいに耳を引っぱられた。「いたたたたっ！」と、風汰が声を上げると、背後から、きゃははは、あははははとキーの高い笑い声がした。

「わっ！　リンダ」

「ハヤシダだって言ってんでしょうがっ」

林田が風汰の耳を引っぱってにらんでる。そのうしろで三歳児クラスのチビ一人と五歳児クラスの女の子二人が笑いながらとびはねている。

「なんで外にいんの」

耳を押さえながら言うと、林田は胸の前で腕を組んだ。

「お散歩。土曜日はいろいろイレギュラーなのよ。っていうか、きみこそなんでいるの？　今日休みでしょ」

「ふーたくん、またおこられた」

「おこられたー」

「なに？　風汰って、いっつも怒られてんの？」

おかしそうにはやし立てる子どもたちの前にしゃがんで、まーくんセンパイは楽しそうに話しかける。

「そーだよ」

「いっつもおこられてるよね」

「うん、おこられてる」

「うそつけ、そんな怒られてなんてねーよ」

子どもたちに言い返している風汰を見て、林田はぷっと笑いながら門を開け、玄関の横についているインターホンを鳴らした。

「ただいま戻りました」

『いま開けまーす』の声と同時に、音を立ててカギが開いた。子どもたちを中に入れると林田が振り返った。

「入んなよ。用があるんでしょ。そっちのきみもどうぞ」

まーくんセンパイはにっと笑って、頭を左右に振った。

「オレはここで。風汰、じゃあな」

「え、まーくんセンパイ帰んの」

「帰る。オレのおせっかいは風汰に対してだけだから。こっから先は関係ねーもん」

風汰が憮然《ぶぜん》とした表情を浮かべると、まーくんセンパイは「がんばれよー」と右手をひらひらさせた。

「おもしろい子ね。で、どうしたの?」

林田はスニーカーを靴箱に戻しながら、風汰を見た。

「あ、そうだ。オレ住所を、しおん君の住所を教えてもらいに」

「それはダメ」

即答かよ。理由くらいは聞かれるかもしれない、とは思ったけど、ダメってなんだよダメって。

「なんでっ」

「住所は園児の個人情報だからね」

コジンジョウホウ?

「オレ、そんな難しいこと言ってるわけじゃ」

風汰が言うと、林田はふっと笑った。

「園児の住所とか電話番号とか家族構成とか、そういうことは言っちゃいけないって決まりがあるの。あたしたちには守秘義務っていうのがあるから」

「なんで?」

「なんでって、悪いことに使われたら困るでしょ」

「オレ、悪いことなんてしないけど」

「そういうことじゃないの」

「じゃー、どーゆーこと?」

「……」

林田はこめかみに指をあてて、ため息をついた。

「オレ、昨日の夜、しおん君を見たんだ」

「夜?」

「一人で、マンションの前にいた」

「それって何時頃?」

「十時頃。ヘンじゃん、そんな時間に。だから」

「来てるよ、しおん君」

林田は、おいでと風汰の腕をつかんでテラスまで出ると、園庭を指さした。

ウサギ小屋の前に、小さな背中があった。しゃがみこんで、小屋をのぞいている。さらさらの髪に太陽の日差しがあたって、天使のような輪を作っている。

きりん組のあいりちゃんが「しおんくーん」と駆けよると、小さな背中が振り返った。

笑っている。いつもと同じように、しおん君は少しはにかんだ笑顔をあいりちゃんに向けて、なにかうなずいている。

「こっちに来て」

林田は、風汰を事務室で待たせて足早にホールのほうへ向かい、すぐに戻ってきた。

「少しなら大丈夫。土田《つちだ》さんもいるから」

土曜は登園する園児が少ない。その分、保育士の数もぎりぎりにおさえられている。今日は林田と一歳児クラスを担任している保育士、それにパートの土田さんの三人だ。

風汰はガラス戸の向こうに目をやった。

「斗羽君は、なにが気になっているの？」

あらためて問われると、どう言えばいいのか戸惑う。

言葉にしたら、それが現実になってしまう気がして怖い。口にしたくない。しおん君はいまここにいる。いつも通り笑ってここにいる。

大丈夫なんだ。きっときっと、大丈夫だ。

「斗羽君、心配してるんじゃない？」

「えっ？」

「虐待、とか」

林田の言葉に、息が詰まった。胸がきゅっと締めつけられる。テレビや新聞では毎日のように見聞きしている。もうセンセーショナルな言葉でもなんでもない。

なのに、目の前にいる林田の口からこぼれた言葉は、まるで違って聞こえた。

息苦しいほど重く、ざらりとした感触と冷たさをもって、鋭く突きつけてくる。

風汰はこぶしを強くにぎって、大きく息を吸った。

「わかんない」

「うん」

「だけど、やっぱヘンだ」

うん、うん、と林田はうなずいた。

「……オレわかんねーけど、虐待とかそういうの。そうじゃなくて、そういうんじゃなくて。でも、大事にされてんのかなって、ちゃんとあいつ」

園庭から、子どもの笑い声が響く。ガラス戸の向こうに視線を向けると、保育士がホースで散水しているところへ、泥んこになった子どもたちがキャーキャー言いながら近づき、保育士がその子たちにホースを向けると、声を上げて園庭を駆け回る。しおん君はニコニコしながら、その様子を園庭の隅で見ている。

「あそばせてあげたいんだよね、しおん君にもああやって、思いっきり泥んこになって」

林田がぼそりとつぶやいた。

そういえば、しおん君が泥んこあそびをする姿を一度も見ていない。白いシャツに汚れひとつつけないで、いつもきれいで……。

「泥んこあそびって、子どものバロメーターだと思うの」

「バロメーター？」

「泥んこになるって、最初勇気いるでしょ」

「うん」

「心とからだが解放されないと、泥んこあそびってできないから。しおん君は絶対に土にふれようとしない。お母さんが汚れることを嫌うから。園で服を貸してあげるって言ってもダメ。お母さんに嫌われることは、したくないんだよね」

「……」

「でも、させるよ。泥んこになってあそべるようにする。いつか、絶対」

廊下から足音がして、パートの土田さんがびーびー泣いている小さな女の子の手を引いて顔を出した。

「きなちゃん転んで、おでこをぶつけて」

「あー、痛かったね」と、林田はその子を抱き上げた。

「帰る」と、風汰が事務室のドアに手をかけると、「月曜日ね」と林田の声がした。

「ちゃんと来るんだよ」

職場体験　最終日

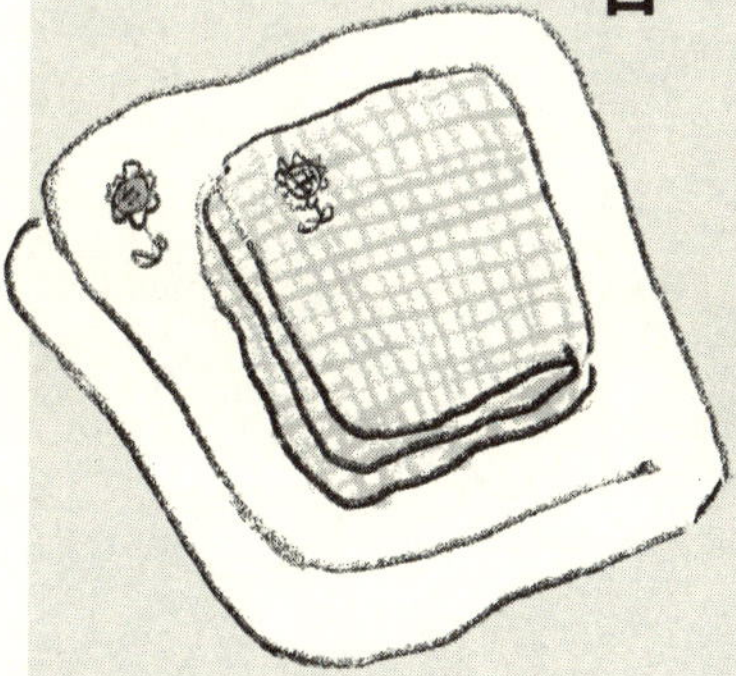

園の周りを二周して、風汰は門の外側から中をのぞきこんだ。

保育園になんて行きたくない。休みたい。このまま職場体験を終わりにしたい。しおん君の顔を見たくない。そう思って昨日一日を過ごしたのに……。

午前七時十五分。

って、なんでオレ、こんなに早くに来てんだよ。

キーッ！　とけたたましいブレーキ音を響かせて、門の横にママチャリが止まった。ワンピースにミュールをつっかけた母親が「早く早く」と、後ろのチャイルドシートから男の子を下ろし、前カゴに入っている大きな袋を抱えて中へ入っていった。そのうしろから、やっぱり大きな袋を持ったお母さんが、ベビーカーごと門の中に入っていく。

肩をとんと叩かれて振り返ると、右の頬に指先があたった。

「ひっかかった～」

ポン先生は指をぴゅんと引っこめてクスクス笑う。

「おはよ。どうしたの？　早くない？」

「あ、まあ」

風汰があいまいに首をかしげると、ポン先生は「行こ」と、風汰の背中を押して門をくぐった。

「今日で職場体験、終わりだね。さみしくなるなぁ」

思ってもみなかったひと言に風汰がぽかんと口を開けると、ポン先生はくすりと笑った。


七時三十分を過ぎると急に騒がしくなった。なにをすればいいのかわからず、事務室でうろうろしていると、林田が呼びに来た。

「斗羽君、ホールお願い」

ホールには昼寝の時間でもないのに布団が出ていた。半分に折った状態で、布団の端についているマークが見えるように少しずつずらして重ねてある。

「なにこれ」

「月曜日はシーツかけとか、着替えの補充があるから朝は大忙し。できるだけお母さんたちが素早く準備できるように、こうやって布団を押入れから出しておくんだけどね」と、林田は布団の上を飛びまわる子どもを「向こうであそぼうね」と抱き上げて、崩れた布団を並べ直した。

「シーツはお母さんたちがかけるから手伝わなくていいよ。でもすぐ布団が崩れてマークが見えなくなるでしょ、子どもたちも入ってくるから、フォローしてほしいの」

「オッケーっす。布団直したり、子どもを追っ払《ぱら》えばいいってことっすね」

「まあそうだね」と林田は苦笑した。

ホールの中は、「おはようございます」の声が飛び交い、入れ替わり立ち替わり、大きな袋を抱えた親子がやってくる。子どもたちは布団にシーツをかけている母親のそばでごろごろしたり、持ってきたタオルケットを首に巻きつけたりして、母親に、「やめなさい」「じゃましないの」と叱られている。それでも子どもたちは母親にまとわりついている。おかしくなくらい、どの子もだ。

みんな大好きなんだ、お母さんのことが。

ホールを駆け回る三歳児を捕まえた風汰は、その子をぱんだ組には連れていかず床に下ろして、崩れた布団を重ね直した。

「おはようございます」

林田の声に、今度は誰だ、とホールの入口を振り返った瞬間、どくんと心臓が鳴った。

しおん君。

たたたたたたっ！　しおん君は駆けてくると、くんとあごを上げて風汰を見た。

「おはよぉ」

「オ、オッス」

風汰が言うと、しおん君はいつものように少しはにかんだように笑い、かばんを提げたまま、並べてある布団のところへ走っていく。そのうしろから、しおん君のお母さんが表情を動かすこともなく入ってきた。

「おかあさーん、しおんのおふとんあった」

しおん君が重ねてある布団の上にのって、ひまわりマークの布団を引っぱる。

ひまわりは、しおん君のマークだ。

お母さんは表情を変えずにしおん君のところまで行くと、ぴしゃっと足を叩いた。

「あっ」

風汰は思わず声をもらした。

「布団の上にのっていいの？　いけないの？」

しおん君はびくっと硬直して、あわてて布団から下りる。「これ」と、ひまわりマークの布団を指さすしおん君から離れて、お母さんは周りの布団を整えはじめた。

「どうしていつも余計なことばっかり」

「お母さん大丈夫ですよ」

林田が足早にやってきて、お母さんの隣にしゃがんだ。

「マークが見えていればわかりますから」

「こういうことはきちんとしないと。あの子はなにをやらせてもいい加減なんです。面倒なことばかりするんです」

形のいい口元をゆがめるお母さんに、林田はゆっくり息を呑みこむようにして笑った。

「お母さん。しおん君はいい子です。すごくいい子です。大丈夫ですよ」

お母さんは立ち上がると、黙って布団を広げた。しおん君がかばんからシーツを取り出して、「はい」と手を伸ばす。頭を上げてお母さんを見上げる。笑顔だ。

そんなしおん君から、お母さんは視線をそらして手早くシーツをかけると、なにも言わず、ホールを出ていった。

「おかあさーん、いってらっしゃい」

あとを追いかけて笑顔で手を振っている。そんなしおん君の小さくて薄い肩に、林田がそっと両手をあてた。

風汰は、しおん君と、しおん君のお母さんの背中を見つめた。

（振り返ってくれよ。頼むから。一度、一瞬でいいから、しおん君に手を振ってやってよ）

お母さんの姿が廊下の向こうに消える。でもしおん君はじっと、廊下を見つめている。

なんだよ、なんでだよ……。

こんなの、だめだ。

風汰は、しおん君の手を握って廊下を走った。はだしのまま玄関から飛び出すと、ヒールを鳴らして歩いていく背中に向かって叫んだ。

「いってらっしゃーい！　いってらっしゃーい！　しおん君のお母さん！」

お母さんが立ち止まる。

しおん君が、つないでいる風汰の手をぎゅっと握った。

「おかーあさーん」

しおん君が大きな声で叫んだ。

その瞬間、お母さんははじかれたように振り返った。

「おかーあさーん、いってらっしゃーい」

ぐっと伸び上がり、しおん君は大きく何度も手を振った。


午後のおやつが終わると、園長がきりん組に来た。

「お疲れさま。五日間、どうだった?」

「すげー大変だった」

「あら」と、園長はおかしそうに笑って、それからゆっくりうなずいた。

「子どもたちにちゃんと向き合ってくれて、ありがとう」

べつに、と風汰が意味もなく頭を左右に振ると、結わいた前髪がぴょこぴょこ揺れた。

「……みんなすげーって思った」

「そう」

「うん。すげー」

「そうね、しおん君も」

風汰はこくんとうなずいて、「うそつきだけどね」とつぶやいた。

あいつは、しおん君はうそつきだ。お母さんが好きで、笑った顔が見たくって、愛されたくて、嫌われたくなくて、困らせたくなくて、そばにいてほしくて。

だから、笑ってる。寂しくても、悲しくても、好きなあそびができなくても、平気だよって笑っている。

苦しいほど素直で、正直で、うそつきだ。

だけど、ううん、だからそのうそは、誰かがちゃんと見つけてあげなきゃいけない。

「ふーたくーん!」

園庭から子どもたちの声が聞こえる。泥んこの中で、早く早くと手を振っている。風汰は手を振り返して園庭に出た。

青空に向かって大きく伸びをした。

パコン！

「いてっ」

尻に手をあてると、甲高い声が背中でわいた。振り返ると、新聞紙を丸めて作った刀を振り回しながら三つの小さな背中が、クスノキの向こうにひょいと消えた。

——エンジェル保育園
屋根の上にある看板に目をやって、苦笑した。

ウサギ小屋の前へ行くと、しおん君がまぶしそうに風汰を見上げた。

金曜の夜とはまったく違う。あのときのことなんて忘れてしまったように笑っている。

しおん君はパッと立ち上がると、「あげる」と、クローバーを差し出した。四つ葉じゃなくて、普通の三つ葉のクローバー。風汰の手に、しおん君がクローバーをのせた。

やっぱり小さいな。小さいけど、強い。

しおん君は強い子だ。だけど、本当はもっともっと弱くていい。四歳じゃん。たった四つ。びーびー泣いて、わがまま言って、甘えていい。そんで、ちゃんと守られて。

「サンキュ」

オレはなんにもしてやれない。なにかしてやれるほど、大人じゃない。なにが正しくて、なにをすることがこいつのためになるのかもわからない。守ってやる力なんてない。

だいたいオレ、アホだし。

でも、いまこの瞬間にしてやれることだったらわかる。

いまできることは、笑って、しおん君が握ってきた小さな手を、しっかり握り返す。それだけだ。

風汰は、しおん君の手を握り、それからぱっと抱き上げて、「ヒコーキ！」と、ぐるりと二回まわった。

しおん君が、きゃあきゃあ声を立てる。

軽い。軽くて小さい。

この小さいからだで背負ってるんだ。いっぱいいっぱい、小さい背中で背負ってる。

「びゅーん！　ちゃくりーく」

地面に降ろすと、しおん君は黒目の大きな目でまっすぐに風汰を見た。

「しおん、ふうたくんだいすき！」

「オレも」

オレもしおん君のこと大好きだ。言葉にしなきゃダメなのに、これ以上声が出なかった。

言葉にしたら、泣いてしまいそうだから。

風汰はもう一度、さっきより高く、大きく、しおん君を青空に向かって抱き上げた。

エピローグ

石塚は、職員室の机の上にのっている画用紙をめくりながらあごをこすった。

「先生、どうかされました？」

うしろから、音楽教師の真田がのぞきこんできた。

「あ、真田先生」

「これなんですか？」

「エンジェル保育園から届いたんですが」

と、石塚は机の上にあるクレヨンで描かれた数枚の絵に視線を落として首をひねった。

「エンジェル保育園って、斗羽君が行っていた体験先の保育園ですよね」

「まあ、ええ、そうなんですが」

どこか腑《ふ》に落ちない思いで、石塚は画用紙の横にある『職場体験・評価表』と書かれた用紙を手にとった。

評価表には、「進路や生き方への関心が高まった」「職業、働くことへの関心が高まった」「人間関係を広げようという意欲が高まった」「あいさつなど、社会的マナーが身についてきた」「職場体験のねらいが明確だった」「実施時期・期間は適切だった」等々の項目が十五ほど並び、四段階で評価をしてもらうようになっているが、そのどれにもチェックがついていなかった。かわりに、自由記述の欄が埋まっていた。

『斗羽風汰君の評価は、上記にあるような項目ではうまくお伝えできません。受け入れ先として大変申し訳なく思いますが、どうぞご理解ください。その代わり、子どもたちの絵を送らせていただきます。斗羽君が五日間いっしょに過ごした、きりん組の子どもたち八人が描いた絵です。これが、わたくしども職員の評価です。ありがとうございました。』

最後に、「次年度の職場体験受け入れ」の欄にある「可」に大きく丸がついていた。

机の上に広げてある画用紙には、どれも紙面いっぱいに楽しげな子どもと、子どもより少し大きな男の子らしきものが描かれている。スコップで地面を掘っていたり、ウサギを追いかけていたり、泥だらけになっていたり、眠っていたり。

「どの絵もイキイキしていますね」

真田が感心したように画用紙を一枚手にとった。石塚は低くうなって机の上の画用紙をもう一度見た。

「まあ、わたしもそうは思うんですが……ちょっと気になっていることが。これ、なんだと思いますか?」

石塚は、大きな口を開けて笑っている男の子の絵を指さした。

「斗羽風太君じゃないんですか?」

「それはわかります。そうじゃなくてこれです、これ」

石塚は深爪気味の人さし指を男の子のおでこの上にある、ぴょこんとしたものにあてた。

「あら、この絵も」

「こっちのもです」

よく見るとどの絵にもぴょこんとしたものがおでこの上に描かれている。

「ちょんまげ?」

「はい?」

ふたりが顔を見合わせたとき、ばこん！　と職員室の窓からなにかが飛びこんできた。

上履きだ。

石塚が校庭に顔を出すと、片足でぴょんぴょん跳ねながら職員室のほうに向かってくる生徒がいた。

「こらー」

上履きを片手に大きな声を上げると、その生徒が顔を上げた。

「センセー、それオレの上履き！」

斗羽っ。

「こっち、投げてー」

ん、んんん？

校庭からのんきそうに手を振っている風汰を見て、石塚はぎょっとした。

「そ、その髪」

「はー？」

強引に結んだ前髪が、おでこの上で噴水のようになっている。

画用紙に描かれている絵、そのものの髪形をして、ぴょんぴょん跳ねている風汰の姿を見てめまいがした。

「ま、まさか、その髪で保育園に行ったんじゃ」

「目にかかってないならセーフ、でしょ！」

「斗羽、すぐ職員室に来い！」

「えー、やだよー」

風汰はそう言って、ペロッと舌を出した。

「斗羽ー！」

石塚の声が響くなか、風汰は前髪を揺らして駆け出した。

解説

答えはあなたの心のうちに

椰月美智子（作家）

読んでいて、ひどく懐かしい気持ちになった。息子たちが保育園に通っていた頃を思い出したのだ。あの匂い。色。音。声。小さな布団。小さなズック。先生たちの笑顔。

あんなにあたたかい場所に子どもを預けていたというのに、自分はといえば、時間に追われるように、ただただ慌ただしく日々を過ごしていた。きっと、おそらく、多くの母親たちが同じような状況だったのではないだろうか。

本書は、中学二年生の風汰が、授業の一環で五日間の職場体験場所を決めるところからはじまる。風汰が選んだのは、エンジェル保育園。その小ささにびっくりし、用務員だと思っていたおばちゃんは園長先生だった。

その日、風汰は段ボール箱のなかに捨てられていた子犬を見つける。そのままにしておけず、団地の駐輪場の小屋で、同じ団地のまーくんセンパイの協力のもと、子犬をかくまうことにする。

エンジェル保育園で、風汰は四歳児クラス、きりん組の担当となり、園児や担任の先生たちと一緒に五日間を過ごす。

風汰は、きりん組にしおんというちょっと気になる男の子を見つける。しおんは他の子たちと違って、叩いてきたり、いきなり飛び乗ってきたり、カンチョーなんてこともしないで、目が合うと恥ずかしそうにそっと手を握ってきたりする。

物語は、風汰の保育園での職場体験と、小屋での子犬とのふれあい、しおんとの関わりの三筋で進んでいく。

風汰の職場体験では、保育園のリアルな日常が綴られている。朝の送り時のドタバタ、給食、絵本読み、お昼寝、お散歩、おやつ、園庭遊び。

風汰は、言葉遣いや行動が不器用ながらも、戸惑いつつ、正直な心で子どもたちにぶつかっていく。

発熱した我が子のお迎えに、すぐに来られない母親。子どもが引っかかれたと怒鳴り込んでくる父親。そのつど、風汰は中学生らしいまっすぐさで怒ったり呆れたりするが、あの時代を経験した自分は、つい保護者寄りの目線になってしまう。

あの頃の慌ただしい日々、追われる仕事、生かさなければいけない子どもたち、次々と起こる些細だけれど見過ごせない問題の数々。とにかく、どこをとってもバタバタの毎日だった。子どもを保育園に送り届けるだけで精一杯で、先生の側から子どもたちを見る想像力もなかったが、作中で園長先生が、

「子どもがどうしたらその子らしく、幸せに生活することができるか。その子の持っている力を引き出すことができるか。正しい成長や発達を遂げることができるか、とかね。そういうことを考えて保育しているの」

と言う場面があり、しばし感じ入ってしまう。

また、お昼寝の時間に一人、事務室で絵本を読んでもらっているしおんについて、風汰は、ＶＩＰっすね、と笑うが、

「平等って全員に同じことをしてあげることじゃないと思うの。一人ひとり、その子にとって本当に必要なことをしてあげる。それでいいと思うのよ」

という言葉も園長は残す。ありがたい、と今さら、頭を垂れるばかりである。

風汰と子犬のチビとの関わりでは、まーくんセンパイのやさしさもさることながら、同級生たちとのやりとりがいい。

ペットショップに職場体験に行っている女子二人。犬を飼いたいというので、風汰はチビをやると言ったが、柏崎にトイプードルかティーカッププードルじゃないと嫌だと断られる。風汰は頭に来て怒鳴り、柏崎を泣かせてしまう。

その翌日、チビの小屋に行くと、チビの様子がおかしい。風汰は慌てて動物病院に行くも休みだった。そこで偶然、柏崎に会う。柏崎はぐったりしているチビを心配する。

「心配って、なにいい人ぶってんだよ。おまえ、捨て犬はやだって。捨て犬で病気の犬なんて」

「ばっかじゃないの！　それとこれとは関係ないじゃん。あたしは飼いたい犬がいるの。ずっと飼いたいって思ってた犬なの。あこがれてるの！　だからほかの犬じゃダメ。そういうのダメなの？　いけないことなの!?　だけどあたしが飼いたいっていうのと、これは話が別じゃん。目の前で具合の悪そうな犬がいたら心配するに決まってるでしょ！　いい人ぶったりなんてしてないし、だいたい風汰にいいかっこう見せたって、なんの得にもなんないもん」

柏崎の言葉に、風汰は妙に納得する。昨日は一足飛びに感情優先で怒ってしまったが、きちんと相手から話を聞くと、まるで違う結論にたどり着くものだ。中学生とは、そういうことをたくさん知ることができる貴重な時期でもある。

結局、風汰は柏崎に案内され、チビを動物病院に連れていくことができたのだった。


風汰は、しおんが母親から虐待されているのではないかとうっすらと疑っている。

夜のお弁当屋さんで偶然会ったとき、しおんの母は店内にいるのに、しおんだけが雨が降る外で待っていた。保育園の給食の時間、他の園児たちは自分の箸を持ってきているのに、しおんだけは割り箸だ。また別の日、夜のマンションでしおんが一人で、入口につながる三段の階段を、上っては飛び降りることを繰り返していた。

土曜日、職場体験は休みだが、風汰はいてもたってもいられずに保育園を訪れる。しおんは登園していたが、先生に気になっていることはなにかとたずねられ、

「……オレわかんねーけど、虐待とかそういうの。そうじゃなくて、そういうんじゃなくて。でも、大事にされてんのかなって、ちゃんとあいつ」

と、風汰は気持ちを吐露する。

風汰は、自分が母から愛されていることを知っている。だから、どこの母親もそうだと思っている。

保育園で、しおんは絶対に土に触れようとしない。それはお母さんが汚れることを嫌うからだ。しおんはお母さんに嫌われることはしたくないのだ。先生は、いつか絶対、泥んこになって遊べるようにさせたいと、風汰に伝える。

しおんのお母さんが、本当に虐待をしていたのかどうかはわからない。保育園での朝、いってらっしゃい、と手を振ってお母さんを見送るしおんを、お母さんは振り返らない。風汰はしおんと手をつないでお母さんを追いかけ、

「いってらっしゃーい！　いってらっしゃーい！　しおん君のお母さん！」

と、大きな声でお母さんを見送るのだった。

五日間の職場体験での風汰の成長が小説のテーマのように思えるが、特筆すべき著しい成長があったとは思わない。もちろん、中学生が新しい場所に出向き、

これまでしたことのない体験をするわけだから成長はあるだろう。けれどその成長は、あくまでも中学生が日々を過ごすなかでの、年齢相応の成長に過ぎない。

あるのは、たくさんの「気付き」だ。風汰は五日間、小さなたくさんの「気付き」のなかで生きていく。しかし風汰は、その「気付き」に気付かない。当たり前だ。いちいち「気付き」に思いを寄せる中学生はそうそういないだろう。

風汰の感情は伝わってくるが、風汰が具体的にどう思っているのか、なにを考えているかの説明は描かれていない。

それは中学生男子の特徴かもしれない（自身の息子を育てての感想です）。口数が少なく、なかなか言葉にしないくせに、心のなかでは、豊富な思いや気持ちが、あふれんばかりにぱんぱんに詰まっているのだ。

物語は、まるで長回しの映画のように、風汰の五日間のそのままを綴ってゆく。彼の思いは、読んでいるわたしたちにゆだねられている。答えは読者の心のうちにある。

本書『天使のにもつ』の続編、『蒼天のほし』が刊行予定だ。中学生だった風汰が保育士になっているそうで、風汰の成長ぶりがたのしみである。

本書は童心社より二〇一九年二月に単行本刊行
された作品を加筆修正し、文庫化したものです。

双葉文庫

い-67-01

天使《てんし》のにもつ

2025年3月15日　第1刷発行

【著者】
いとうみく

【発行者】
箕浦克史
【発行所】
株式会社双葉社
〒162-8540 東京都新宿区東五軒町3番28号
［電話］03-5261-4818(営業部)　03-5261-4831(編集部)
www.futabasha.co.jp（双葉社の書籍・コミックが買えます）
【印刷所】
大日本印刷株式会社
【製本所】
大日本印刷株式会社
【カバー印刷】
株式会社久栄社
【DTP】
株式会社ビーワークス

【フォーマット・デザイン】
日下潤一

ISBN978-4-575-52830-5 C0193
Printed in Japan